AF139969

Zum BUCH

Die vier Jugendlichen Marc, Blake, Jay und David wagen gemeinsam mit dem Einsiedler Joseph, Jays Bruder Danny und seinem Freund Neal einen Ausflug zu einem „Geisterhaus", um das sich zahlreiche Mythen ranken. Doch als sie eines Nachts das Haus betreten, beginnt ein Albtraum, der nie zu enden scheint. Denn das Haus lebt. Und es sucht sich seine Opfer...

Zum AUTOR

Niklas Quast wurde am 7.3.2000 in Hamburg-Harburg geboren und wuchs im dörflichen Umland auf. Nachdem er eine Ausbildung zum Groß- und Außenhandelskaufmann absolvierte, arbeitet er nun in einem Familienbetrieb und widmet sich nebenbei dem Schreiben.

NIKLAS QUAST

DAS GEISTERHAUS

ROMAN

2.Auflage 2022

Copyright © 2022 Niklas Quast
niklasquastautor@web.de
www.facebook.com/NiklasQuastAutor

Titelbild:
© icephotography – Fotolia.com

Covergestaltung:
Tom Jay – bookcover4everyone / www.tomjay.de

Lektorat:
Astrid Pfister

Niklas Quast
Emsener Straße 25
21224 Rosengarten

Herstellung und Verlag:
BoD – Books on Demand, Norderstedt

TWENTYSIX
Eine Marke der Books on Demand GmbH

ISBN: 9783740729493

Prolog

»Ist jemand zu Hause?«, fragte Larry.

»Sieht nicht so aus«, sagte Brit nach einer Weile, in der es komplett still war.

Sie wagten sich weiter in die beengende Dunkelheit vor.

»Schau mal. Eine Treppe.«

Vor ihnen war im Licht, das von draußen hereinfiel, eine Wendeltreppe zu erkennen, die sich nach oben erstreckte.

»Geh du nach oben«, meinte Larry.

»Ich schaue mich mal hier unten um. Vielleicht finden wir ja irgendwas Interessantes.«

»Alles klar. Bis gleich«, murmelte Brit.

Larry ging den engen Flur entlang. Am anderen Ende sah er zwei Türen. Einer Eingebung folgend öffnete er zuerst die linke. Das Licht war bereits eingeschaltet und offenbarte einen großen Raum. Mehr konnte Larry im ersten Augenblick von seiner Position aus nicht erkennen. Er wollte den Raum gerade wieder verlassen, drehte sich um… und merkte so erst recht spät, dass aus der Dunkelheit etwas genau auf ihn zugesprungen kam.

Brit schritt derweil die Treppe hinauf. Sie mündete in einen Korridor mit einer Tür am Ende. Die einzige Lichtquelle, eine antike Glaslampe, stand auf einer alten Kommode direkt davor. Allerdings spendete sie nur wenig Licht, das nicht dazu ausreichte, den ganzen Flur zu erhellen. Brit ging nun zielstrebig auf die Tür zu, die sich am anderen Ende des Korridors befand. Bei näherer Betrachtung sah sie, dass sie mit einem goldenen Messingknauf verziert war, auf dem kleine Totenköpfe eingearbeitet waren. Sie legte ihre Hand auf den Knauf und öffnete die Tür langsam. Im Inneren war es komplett dunkel. Brit versuchte, einen Lichtschalter zu ertasten, wurde jedoch zunächst nicht fündig. Während sie sich ihrer Aufgabe zugewandt hatte, streifte ihr Arm über etwas Hartes. Es fühlte sich wie Holz an. Sie zog ihn erschrocken zurück. Wenig später hörte sie einen Schrei – der Ursprung lag eindeutig im unteren Bereich, und die Stimme desjenigen, der ihn ausgestoßen hatte, konnte sie schnell identifizieren. *Larry!* Sie drehte sich um, verließ den Raum so schnell sie konnte und stürmte dann die Treppenstufen hinunter. Dabei verlor sie jedoch das Gleichgewicht, rutschte ab und landete mit ihrem rechten Fuß auf ihrem Hosenbein. Sie konnte den Fall nicht mehr stoppen und schlug hart auf dem Boden auf. Sie brauchte ein paar Sekunden, bis sie in der Lage war, sich wieder zu erheben. Ein stechender Schmerz in ihrer Rippengegend hinderte sie zunächst daran, ihren Weg fortzusetzen, doch er verzog sich wenig später wieder, sodass sie nichts mehr am Gehen hinderte. Kurz darauf ertönte ein neues Geräusch, dieses Mal ein leises Stöhnen. Danach schwang eine Tür auf und Larry trat hinaus. Brit erkannte ihn sofort, obwohl das Licht nur durch den schmalen Spalt im Türrahmen schien.

»Larry! Ist alles in Ordnung?«

Doch Larry antwortete darauf nicht. Er hielt ein scharfes Messer in seiner rechten Hand fest umklammert und kam Brit immer näher.

»Larry!«

Larry schwang das Messer bedrohlich in seiner Hand herum. Als er sie schließlich erreicht hatte, stach er zu. Die Klinge durchbohrte augenblicklich ihren Augapfel und Brit schrie gequält auf. Nachdem Larry das Messer erneut angesetzt hatte, dieses Mal in ihrer Bauchgegend, verlor Brit endgültig das Bewusstsein.

1

Das *Desert Valley* sah so aus wie immer - das Holzdach, welches bereits einige Risse aufwies, wurde von der Sonne angestrahlt. Außerdem war das leise Quietschen der morschen Hintertür zu hören. Alles vertraute Geräusche; Jay wäre jede kleine Veränderung sofort aufgefallen. Nur eine Sache war merkwürdig: Der Parkplatz war wie leergefegt, nicht ein einziges Auto stand vor dem Restaurant.

»Sieht ganz so aus, als ob es geschlossen wäre«, sagte er und zeigte dabei auf ein Schild, das an der Glastür prangte, die ins Innere führte.

»Was steht denn da?«, fragte Marc.

Jay warf einen näheren Blick darauf.

»Geschlossen.«

»Geschlossen? Hatte es nicht Samstag noch auf? Warum jetzt nicht mehr?«, fragte David.

»Wenn ich das mal wüsste«, murmelte Jay.

Plötzlich war eine Fahrradklingel zu hören. David hob seinen Kopf und suchte die umliegende Gegend nach dem Ursprung des Geräusches ab. Es dauerte nicht lange, bis er fündig wurde.

»Nicht der schon wieder«, murmelte Marc genervt, als er sah, wer ihnen da entgegenkam.

»Hallo Leute.«

Der Mann verlangsamte sein Fahrrad zunächst und brachte es dann ganz zum Stehen. Er trug ein gelbes, altes T-Shirt, das ihm um einige Nummern zu groß war. Seine fast schon charakteristischen Bartstoppeln, die denselben grauen Farbton wie seine Haare hatten, hingen ihm etwas wuschig im Gesicht.

»Hallo, Joseph.«

Marc verdrehte die Augen.

»Was gibt's?«

»Wisst ihr denn gar nicht, warum das *Desert Valley* geschlossen hat? Das ist merkwürdig. Es hat sich schließlich schon im ganzen Dorf herumgesprochen.«

»Das ist ja auch nicht gerade schwer, bei den zwanzig Einwohnern hier«, meinte Blake und lachte laut.

»Im Ernst. Es scheint sich etwas ziemlich Schreckliches hier zugetragen zu haben. Etwas... Mysteriöses«, erklärte Joseph. Seine Stirn legte sich in Falten, ansonsten war er aber für seine sechzig Jahre noch erstaunlich gut in Form. Marc sah ihn sehr oft mit dem Rad durch die Gegend fahren.

»Was denn *Schreckliches*?«, fragte Marc, ohne sich dabei aber einen spöttischen Unterton verkneifen zu können.

»Kommt einfach mit. Ich erzähle es euch in meinem Wohnwagen.«

»Nein danke«, murmelte David.

»Lasst uns doch mitgehen«, schaltete sich Blake nun ein.

»Wäre doch bestimmt interessant, zu erfahren, was passiert ist.«

Blake blickte nacheinander Marc, Jay und David an.

»Na gut«, meinte Jay schließlich und wechselte einen kurzen, aber vielsagenden Blick mit Blake.

»Aber erzähle uns keine Märchen, Joseph. Wir sind nämlich schon alt genug, um die volle Wahrheit erfahren zu können. Sofern du sie überhaupt kennst.«

»Alles klar, Leute. Folgt mir einfach.«

Joseph fuhr nun mit seinem Fahrrad im Schritttempo auf Höhe

von Marc, Jay, Blake und David. Wenige Minuten später hatten sie eine Gasse erreicht, die Marc sofort bekannt vorkam. Sie lag direkt neben dem *Desert Valley*, und schon von Wietem konnten sie den Wohnwagen erkennen, in dem Joseph lebte. Es handelte sich um einen alten, verrosteten *Airstream Wanderer*, Baujahr 1954.

»Schau dir mal den Wohnwagen an«, flüsterte Blake Marc zu. Er spürte ihren warmen Atem an seinem Ohr.

»Ja. Sieht echt alt aus.«

»Und ziemlich verwohnt«, fügte Blake hinzu.

»Er lebt ja immerhin schon seit zwanzig Jahren dort. Angeblich zumindest.«

»Traust du ihm denn?«

»Das kann ich dir jetzt noch nicht sagen. Ich möchte erst einmal hören, was er uns zu erzählen hat.«

Sie hatten nun den Wohnwagen erreicht. Joseph lehnte sein Fahrrad an die Seitenwand, kramte einen Schlüssel aus seiner Tasche und öffnete das Gefährt. Im Inneren war sofort der Geruch von kaltem Zigarettenrauch wahrzunehmen.

»Joseph raucht wohl ziemlich viel«, murmelte Blake und lachte.

Ihr Lachen war ansteckend, weshalb Marc ebenfalls lächeln musste – und das, obwohl er Zigarettenrauch an normalen Tagen eher als ekelerregend wahrnahm.

»Alles gut bei euch?«, fragte Jay verwirrt.

»Natürlich. Alles in bester Ordnung«, antwortete Blake.

Sie betraten nacheinander den geräumigen Wohnwagen. Joseph wies mit der Hand auf eine Sitzecke, die ziemlich alt aussah. Marc setzte sich vorsichtig auf das Polster und lehnte sich zurück. Blake, Jay und David folgten seinem Beispiel, auch sie nahmen in der hellbraunen Sitzecke Platz.

»Möchtet ihr vielleicht etwas trinken?«, fragte Joseph.

»Gerne«, erwiderte Marc.

»Was hast du denn da?«

»Wasser. Und was ist mit euch?«, fragte Joseph und blickte der Reihe nach Blake, Jay und David an. Sie verneinten daraufhin. Joseph drehte den Wasserhahn auf und hielt zwei Gläser darunter. Eines stellte er, als es vollgefüllt war, vor Marc auf den Tisch, aus dem anderen nahm er selbst einen großen Schluck.

»Also. Seid ihr euch sicher, dass ihr das wirklich hören wollt? Es ist ziemlich unheimlich.«

»Todsicher«, meinte Jay und sprach damit für die gesamte Gruppe.

»Na schön. Also... es gibt da ein Haus, ungefähr fünfzig Meilen von hier entfernt. Es ist im Dorf auch unter dem Namen *Geisterhaus* bekannt.«

Joseph machte eine kurze Pause und trank einen Schluck Wasser. Danach fuhr er fort:

»Es sollen sich dort wirklich schlimme Dinge zugetragen haben. Die Rede ist von insgesamt neun Toten in der letzten Zeit.«

»Was denn für schlimme Dinge?«, fragte David neugierig.

»Paranormale Dinge.«

»Und was genau?«, fragte Jay genervt.

»Dämonen und Geister. Der Koch des *Desert Valleys* und eine Angestellte haben nur knapp einen Mordversuch überlebt.«

Wieder machte Joseph eine Pause. Marc hörte gespannt zu, denn er wollte unbedingt wissen, wie es weiterging und was Joseph sonst noch zu erzählen hatte.

»Das Ganze verlief ziemlich verstrickt. Offenbar wurde noch eine weitere Angestellte von dem Mörder entführt. Eine Spur, genauer gesagt ein Handysignal, führte in das besagte Haus. Aber das Handy war dort anschließend nicht auffindbar. Als ein Freund des Koches, der sich mit der Ortung von Handy-signalen auskannte, in den Raum ging, aus dem er das Signal empfangen hatte, geschah plötzlich etwas Merkwürdiges.«

»Und was?«, fragte Jay ungeduldig.

»Mehr hat mir der Koch, Henry, nicht erzählt. Da ich an den Wochentagen Stammkunde bin und immer viel Zeit in dem Restaurant verbracht habe, kam ich oft mit ihm ins Gespräch. Und danach habe ich ihn zufällig noch einmal getroffen und er hat mir alles erzählt.«

»Und wo sind die jetzt alle?«, fragte Blake.

»Im Urlaub, um sich von dem Ganzen zu erholen.«

Blake wirkte enttäuscht.

»Schade«, murmelte sie.

»Was ist denn los?«, fragte Joseph.

»Ich hätte gerne noch mehr erfahren.«

»Mehr hat er aber nicht erzählt. Er braucht offenbar Zeit, um alles verarbeiten zu können.«

»Das mit dem Geisterhaus klingt ja ziemlich interessant«, schaltete Jay sich nun ein.

»Ich würde gerne noch mehr darüber erfahren.«

»Allerdings«, murmelte David.

»Ich würde euch auf jeden Fall davon abraten, das Haus aufzu-suchen. Es wäre euer sicheres Todesurteil«, meinte Joseph.

»Das ist doch alles Unsinn«, polterte Jay.

Er klang ziemlich aufgebracht. Marc schüttelte innerlich mit dem Kopf. Sie kannten sich ja mittlerweile schon etwas länger

– und es war jedes Mal erstaunlich zu sehen, wie schnell sich Jays Stimmung von der einen auf die andere Sekunde ändern konnte. Manchmal, zumindest wirkte das so, konnte ein einziger Satz dafür sorgen, dass sich ein Schalter in seinem Kopf umlegte.

»Das kannst du nicht wissen«, sagte Joseph ruhig.

»Natürlich. Es gibt weder Geister und Dämonen noch irgendwelche anderen übernatürlichen Dinge.«

»Wenn du das sagst«, gab Joseph knapp zurück und nahm erneut einen Schluck Wasser.

»Was denkt ihr?«, fragte Jay in die Runde.

Zunächst antwortete niemand, bis Marc nach zehn Sekunden die Stille durchbrach.

»Lasst es uns doch einfach selbst herausfinden«, meinte er.

»Tut das bloß nicht«, murmelte Josef leise und verunsichert.

»Unsinn«, meinte David.

»Lasst uns von hier verschwinden.«

»Danke für die Informationen, Joseph«, sagte Marc.

»Kein Problem, Jungs. Aber bitte bleibt vernünftig.«

»Wir werden sehen«, murmelte Jay.

Damit verabschiedeten sie sich von Joseph. Marc trat wieder auf den von Schlaglöchern gesäumten Asphalt der Straße, nachdem sie die Gasse verlassen hatten. Er warf einen Blick auf seine Uhr, es war viertel nach zwölf.

»Was wollen wir denn jetzt machen, Jungs?«, fragte er.

Blake blickte ihn entgeistert an.

»Und Mädels natürlich«, fügte er hinzu und grinste.

Sie lächelte zurück.

»Kommt, wir gehen zu mir. Wir können doch in den Pool. Außerdem können wir besprechen, wann unser Ausflug stattfinden soll«, meinte Jay.

»Du meinst...«, setzte Marc an, doch Jay fuhr ihm dazwischen.

»Ja, ich meine zum *Geisterhaus*. Ich will unbedingt herausfinden, was es damit auf sich hat. Ich kann mir überhaupt nichts darunter vorstellen.«

»Mir ist nicht ganz wohl dabei«, murmelte Blake.

»Was, wenn an dem, was er sagt, tatsächlich etwas dran ist?«

»Na hoffentlich ist da was dran«, meinte Jay und lachte.

»Alles andere wäre ja langweilig. Aber ist wahrscheinlich eh alles bloß Schwachsinn. Ihr kennt doch Joseph«, meinte David.

»Meinst du, er hat gelogen?«, fragte Blake.

»Natürlich, was anderes kann ich mir nicht vorstellen.«

»Ach was«, murmelte Blake.

»Vorstellen kann ich es mir ehrlich gesagt auch nicht. Aber seine Worte klangen trotzdem irgendwie logisch, wenn ihr versteht, was ich meine.«

»Klar«, entgegnete Marc.

»Wir sollten der Sache lieber auf den Grund gehen. Einfach, um herauszufinden, ob da wenigstens ein Funken Wahrheit dran ist.«

»Okay, Leute, Planänderung. Lasst uns doch jetzt mit dem Bus in die Stadt fahren, dann können wir da noch ein bisschen Zeit verbringen«, meinte Jay.

Marc schaute auf seine Uhr.

»Gute Idee. Was denkt ihr?«

»Die Fahrt dauert ungefähr zweieinhalb Stunden, dann wären wir so gegen viertel vor drei da.«, murmelte Blake.

»Und?«, fragte Jay.

»Ich soll doch vor Sonnenuntergang wieder zu Hause sein.«

»Was soll das denn?«, fragte David und hob eine Augenbraue.

»Ihr kennt doch meine Eltern.«

»Stimmt«, sagte Jay.

»Ist doch nicht schlimm. Uns bleibt schon noch genug Zeit«, meinte Marc.

»Dann lasst uns den nächsten Bus nehmen«, entschied Blake.

2

Sie mussten knapp fünf Minuten auf den Bus warten. Marc bezahlte die Fahrt für sich und Blake, ehe sie durch den Bus gingen und sich in eine der hinteren Sitzreihen setzten. Der Bus war nahezu voll, es gab keine vier zusammenhängenden Sitzplätze mehr, weshalb David und Jay ein paar Reihen entfernt Platz genommen hatten. Blake legte ihren Kopf auf Marcs Schulter, und er strich mit einer Hand über ihre Haare.

»Ich würde gerne heute noch länger in der Stadt bleiben. Du weißt schon, feiern und so. Mal Spaß haben«, erklärte sie.

»Ich auch. Aber ist ja nicht schlimm. Wir können doch auch bei dir den Abend genießen.«

Sie lächelte ihn verschmitzt an und Marc errötete daraufhin.

»Nicht das, was du meinst. Ein paar Filme gucken oder so.«

»Sicher?«

»Vollkommen.«

Im Bus war es unangenehm warm, was daran lag, dass die Klimaanlage defekt war. Marc fächerte sich mit seiner Hand Luft zu, doch es brachte rein gar nichts, schon nach wenigen Minuten begann er, zu schwitzen. Die Busfahrt dauerte extrem lang, und die zweieinhalb Stunden, die sie in dem überfüllten und stickigen Fahrzeug verbringen mussten, kamen Marc doppelt so lang vor. Irgendwann hatten sie dann aber doch die Haltestelle, an der sie aussteigen mussten, erreicht. Draußen war die Luft allerdings kaum angenehmer als im Inneren des Busses, es war zwar ein leichter Wind aufgekommen, aber am Himmel waren keinerlei Wolken zu sehen. Marc und Blake warteten, bis Jay und David ebenfalls aus dem Bus ausgestiegen waren.

»Oh Mann. Das war ja kaum auszuhalten da drin«, meinte David und zeigte auf den Bus, der seinen Weg nun fortsetzte.

»Ja. Echt unerträglich, aber hier ist es wenigstens angenehmer.«

»Habt ihr Hunger?«, fragte Jay.

Marc überlegte. Er hatte bestimmt seit fünf Stunden nichts mehr gegessen, und sein Magen fühlte sich dementsprechend leer an.

»Ja«, sagte Blake.

»Ich auch. Wollen wir uns dort was holen?«

Jay zeigte auf das *Rusty's*. Dies war ein älteres Restaurant, das entfernt an das *Desert Valley* erinnerte. Sie hatten schon öfter dort gegessen, eigentlich fast jedes Mal, wenn sie einen Ausflug in die Stadt unternommen hatten.

»Gute Idee«, erwiderte David.

Auch Marc und Blake stimmten zu. Sie betraten das Restaurant und setzten sich an einen freien Tisch am Fenster. Nach fünf Minuten erschien ein Kellner, der fragte, was sie zu trinken bestellen wollten.

»Einen Tequila, bitte«, sagte Jay.

»Du bist doch noch keine einundzwanzig, oder?«, fragte der Mann daraufhin argwöhnisch.

Er war hochgewachsen und schon etwas älter, Marc schätzte ihn auf Mitte vierzig. Jay kramte in seiner Hosentasche herum und holte seinen Ausweis hervor. Der Kellner betrachtete ihn, nickte, und sagte dann:

»Okay. Und ihr?«

»Eine Virgin Colada bitte«, meinte Marc.

»Für mich auch«, entgegnete Blake.

»Ich nehme eine große Cola«, sagte David.

Als der Kellner sich wieder von dem Tisch entfernte und wenig später im Küchenbereich verschwunden war, blickte Marc Jay neugierig an.

»Was hast du denn da für einen Ausweis?«, fragte er ihn.

Jay holte den Ausweis erneut aus seiner Hosentasche hervor und reichte ihn an Marc weiter.

»Ist gefälscht. Mein Bruder kennt sich damit aus«, meinte Jay.

»Danny?«

»Ja. Ryan bestimmt nicht.«

Marc warf einen Blick auf den Ausweis. Als Geburtsdatum war der 21.5.1984 angegeben. Jays wirkliches Geburtsdatum hingegen war erst fünf Jahre später.

»Da hat er aber wirklich gute Arbeit geleistet. Wirkt auf mich ziemlich glaubwürdig.«

»Zeig mal her«, meinte nun auch Blake.

Marc reichte den Ausweis an sie weiter.

»Du hast recht«, sagte sie nach ein paar Sekunden.

»Sieht ziemlich echt aus.«

Wenige Minuten später brachte der Kellner die Getränke. Er stellte sie auf dem Holztisch ab und fragte dann:

»Habt ihr euch schon entschieden, was ihr essen wollt?«

Jay blickte in die Runde, alle nickten.

»Ja. Eine Buffalo Pizza, bitte«, sagte Jay.

»Klein, mittel, groß oder extragroß?«

»Extragroß«, antwortete er und grinste.

»Ich nehme dieselbe Sorte. Nur in mittel«, meinte David.

»Für mich bitte eine Pizza Hawaii. Ebenfalls mittel«, sagte Marc.

»Ich nehme einen Cäsar Salat«, meinte Blake.

Die Bedienung schrieb die Bestellungen mit einem Bleistift

auf einen Notizblock und verschwand danach wieder in der Küche.

»Einen Salat?«, meinte Jay und grinste.

»Und?«, fragte Blake.

»Immerhin ernähre ich mich gesünder als du.«

»Das ist ja auch nicht schwer. Aber wenn ich Hunger habe, esse ich doch nicht nur einen Salat.«

»Du vielleicht nicht. Ich hingegen schon.«

Die restliche Zeit warteten sie schweigend auf ihr Essen. Marc erkundete mit seinem Blick das Restaurant. Es war im fünfziger Jahre Stil eingerichtet worden. Die Ledersitzecke, auf der sie saßen, war sehr bequem und in einem dunklen Rotton gehalten. Um die Bar herum standen neun Hocker, von denen aber nur vier besetzt waren. Außer den roten Ledersitzecken waren noch braune und dunkelblaue im Restaurant verteilt. Alle sahen bereits ziemlich alt und durchgesessen aus. Plötzlich stockte Marc. In einer der hinteren Sitzecken entdeckte er auf einmal ein bekanntes Gesicht; es blickte ihm direkt in die Augen. Er schob unauffällig seinen Ellbogen nach hinten und stieß Blake an.

»Schau mal. Da vorne«, flüsterte er.

An ihrem Gesichtsausdruck erkannte Marc, dass sie Joseph ebenfalls gesehen hatte.

»Was macht der denn hier?«, fragte sie so laut, dass nun auch David und Jay ihr Gespräch mitbekamen.

Alle hoben nun ihre Köpfe.

»Wer?«, fragte Jay neugierig.

»Joseph«, meinte Marc und zeigte zu einem abgelegenen Tisch.

Mittlerweile hatte sich Joseph wieder der Zeitung, die er aufgeschlagen auf dem Tisch ausgebreitet hatte, zugewandt. Ab und zu trank er einen Schluck aus einer Tasse und biss danach in ein halbes Lachsbrötchen hinein, aber er sah nicht mehr zu ihnen hinüber. *Vielleicht weiß er jetzt, dass wir ihn gesehen haben*, dachte Marc.

»Ich glaube kaum, dass das ein Zufall ist«, meinte Jay.

»Ist doch egal. Er ist einsam. Er braucht auch mal etwas Abwechslung. Immer nur mit dem Fahrrad durch unser Kaff zu fahren, das ist ja auf Dauer auch langweilig«, sagte Blake.

»Aber warum hat er uns eben so angesehen? Er hätte sich doch auch zu uns setzen können. Er braucht uns ja nicht heimlich zu beobachten«, murmelte Marc.

»Lasst ihn uns doch einfach fragen«, meinte Jay daraufhin.

Doch das brauchten sie gar nicht mehr. Joseph stand nur wenige Sekunden später auf, nahm seinen Teller mit dem halben Brötchen in die Hand und schlug dann den Weg zu ihrem Tisch ein.

»Wenn man vom Teufel spricht«, murmelte David.

»Überlegt es euch noch mal. Bitte«, sagte Joseph nur, als er den Tisch erreicht hatte.

»Was sollen wir uns denn überlegen?«, fragte David genervt.

»Euren Ausflug zu dem Geisterhaus. Ich würde euch dringend davon abraten.«

Gerade, als Joseph seinen Satz beendet hatte, brachte die Bedienung das Essen. Es waren die beiden Pizzen von Jay und David, danach folgte Blakes Salat und zum Schluss Marcs Pizza.

»Joseph«, erwiderte Jay, als der Kellner bereits den Weg zu einem Tisch einschlug, an dem gerade zwei neue Gäste Platz genommen hatten.

»Das ist doch wohl unsere Sache, oder? Was interessiert dich das eigentlich?«

»Ich möchte nur nicht, dass euch etwas passiert. Ist doch klar, oder?«

»Und deshalb bist du uns gefolgt?«

»Okay, ich gebe es zu. Ja, ich bin euch gefolgt. Und... ich will euch ja eigentlich auch gar nicht von dem Ausflug abhalten.«

Marc und Blake tauschten einen kurzen verwirrten Blick miteinander, denn beide waren von Josephs Antwort überrascht.

»Ich möchte stattdessen mit euch kommen. Ich könnte uns auch dorthin fahren.«

Jay blickte nacheinander David, Marc und Blake an.

»Versteh uns nicht falsch, Joseph. Aber wir würden den Ausflug doch lieber allein machen.«

»Kein Problem.«

Joseph winkte ab.

»Falls ihr euch doch noch umentscheiden solltet, kommt einfach zu meinem Wohnwagen. Ihr seid dort jederzeit willkommen.«

Mit diesen Worten verabschiedete sich Joseph schon wieder. Marc brauchte ein paar Sekunden, bis er die Situation eingeordnet hatte, und wandte sich dann seiner Pizza zu. Der Duft des Teiges und der fruchtige Geruch der Ananas stiegen ihm in die Nase und ließen ihm das Wasser im Mund zusammenlaufen. Er nahm seine Gabel, schnitt sich ein Stück ab und schob es sich genüsslich in den Mund. Jay hatte bereits den Mund voll, seine Pizza war auf einem größeren Teller gebracht worden. Sie war wirklich riesig, und Marc konnte sich nicht vorstellen, dass Jay es schaffen würde, sie aufzuessen.

»Magst du auch ein Stück?«, fragte er Blake, die lustlos in ihrem Salat herumstocherte.

»Ja, gerne.«

Marc schnitt ihr ein größeres Stück ab und reichte ihr die Gabel. Blake schob das Stück davon herunter und legte es auf ihren Teller.

»Danke«, flüsterte sie und lächelte.

»Gerne«, antwortete Marc.

Sie aßen. Jays Magen war nach der Hälfte der Pizza bereits gefüllt, weshalb er seine Gabel und sein Messer auf den Tisch legte und sich zurücklehnte. Danach nahm er einen Schluck von seinem Tequila.

»War wohl doch zu viel, was?«, fragte Marc und grinste breit.

»Ja. Hätte ich nicht gedacht«, erwiderte Jay knapp.

Blake hatte mittlerweile ihren Salat komplett aufgegessen.

»Willst du vielleicht noch was von meiner Pizza haben?«, fragte Jay an Blake gewandt.

»Nee, danke. Ich bin satt.«

Marc aß seine Pizza auf und nippte anschließend an seinem Cocktail. Er schmeckte gut, den Geschmack des Ananassaftes war am Intensivsten, genau, wie er es sich vorgestellt hatte.

»Dann muss ich den Rest wohl zurückgehen lassen«, murmelte Jay.

Er trank seinen Tequila aus. David war mittlerweile auch mit seiner Pizza fertig und Blake hatte ihren Cocktail bereits ausgetrunken. Nach weiteren zwei Minuten war Marcs Teller ebenfalls leer. Er winkte den Kellner herbei und bezahlte für sich und Blake. David und Jay bezahlten beide für sich selbst, und als das schließlich erledigt war, verließen sie das Restaurant wieder und traten auf die Straße.

»Und was wollen wir jetzt machen?«, fragte Jay.

Marc schaute sich aufmerksam um. Der Himmel war blau, und es war nicht eine einzige Wolke zu sehen. Alles in allem war es ein herrlicher Sommertag.

»Wir könnten doch zum Einkaufszentrum gehen«, meinte er.

»Und dann?«, fragte David.

»Shoppen«, meinte Blake und grinste.

David musste daraufhin ebenfalls grinsen.

»War mir schon klar, dass du das vorschlägst«, sagte Jay.

»Mädchen halt«, ergänzte er.

Blake überging seine letzte Bemerkung und fragte:

»Hast du denn einen anderen Vorschlag?«

Marc, David und Blake blickten Jay an.

»Nö. Dann lasst uns dort hingehen.«

Sie mussten dreihundert Meter gehen, bis sie am Einkaufszentrum angekommen waren. Marc genoss die klimatisierte Luft im Inneren, denn sie brachte wenigstens etwas Abkühlung und trieb den Schweiß von seiner Stirn. Blake fächerte sich mit ihrer Hand Luft zu und lächelte ihn an. Er lächelte zurück. Sie steuerte nun direkt den ersten Klamottenladen an, Marc folgte ihr, während David und Jay vor dem Geschäft warteten. Blake ging in eine Ecke des Ladens, sie schien offenbar schon etwas im Visier zu haben.

»Wie findest du die Hose?«, fragte sie Marc.

Dieser drehte sich um und sah sie an. Ihre dunkelblonden, mittellangen Haare klebten ihr an der Stirn. Sie sah einfach fantastisch aus.

»Steht dir ausgezeichnet.«

»Wirklich?«

»Ja, wirklich.«

Plötzlich entgleisten Blake die Gesichtszüge. Marc drehte sich um und durchsuchte hektisch den Laden. Zunächst sah er nichts, was Blakes Sinneswandel erklären konnte. Doch wenige Sekunden, bevor er sich wieder umdrehen und sie fragen wollte, was los sei, entdeckte er, was sie gesehen hatte. Ein paar Meter entfernt, direkt zwischen der Damen- und der Herrenabteilung, stand tatsächlich Joseph und starrte wieder genau in ihre Richtung.

»Warte mal eben hier«, sagte er zu Blake und ging auf den Mann zu.

»Joseph, warum folgst du uns schon wieder? Was willst du?«, fragte er ihn.

»Was?«

Dieser nahm einen großen Schluck aus einer Glasflasche, die mit einer braunen Papiertüte umwickelt war.

»Warum beobachtest du uns?«

»Jungs«, lallte er.

Marc sah sich die Wodkaflasche an. Sie war bereits zu einem Drittel geleert, was auch deutlich an seinem Auftreten zu erkennen war

»Ich w...will d...doch nur m...m...mitkommen«, brachte er hervor.

»Ich kann euch helfen.«

»Wobei denn helfen? Das ist doch eh alles nur Unsinn«, entgegnete David, der mittlerweile ebenfalls zu der Unterhaltung dazugestoßen war.

»S...sag das nicht.«

»Joseph«, meinte Jay.

»Fahr mit dem Bus nach Hause und leg dich in deinen Wohnwagen. Du bist schon ziemlich betrunken.«

»Musst du dich immer so extrem betrinken?«, fragte David.

»Und das vor allem um...«

Er blickte auf seine Uhr.

»...sechzehn Uhr. Mensch, Joseph. Der Abend hat noch nicht einmal begonnen, und du hast dich schon zugedröhnt.«

Jay streckte seine Hand nach der Flasche aus.

»Gib sie mir«, sagte er entschieden.

»N...n...nein. Das... meins.«

Jay griff nach der Glasflasche, doch Joseph wollte sie einfach nicht loslassen.

»Ey, du A...Arschloch.«

Jay verstärkte seinen Griff und schlug Joseph die Flasche schließlich aus der Hand. Dieser konnte sie nicht mehr rechtzeitig auffangen, weshalb sie mit einem lauten Knall auf dem Boden aufschlug, in tausend Scherben zerbrach und der Inhalt sich über das Parkett des Klamottenladens ergoss. Joseph blickte einen Moment lang ungläubig auf den Boden, hob dann jedoch seinen Blick und rief:

»M...mein Algohl!«

Er klang wütend.

Eine Verkäuferin, die das Szenario zuvor eine Weile beobachtet hatte, kam nun angeeilt und steuerte genau auf Jay und Joseph zu. Bevor sie sich jedoch in das Geschehen einmischen konnte, sah Marc, wie Josephs Faust hervorschnellte und Jay mitten im Gesicht traf. Er schrie auf und ging zu Boden. Blut floss unaufhörlich daraus hervor, und neben seinem Kopf hatte sich bereits nach wenigen Sekunden eine kleine Pfütze gebildet.

»Was ist denn hier los?«, fragte die Verkäuferin entsetzt.

Sie war aufgebracht. *Kein Wunder*, schoss es Marc durch den Kopf. *So etwas sieht sie mit ziemlich hoher Wahrscheinlichkeit nicht jeden Tag.*

»D...das Arschloch h...hat mein Algohl v...verschütt.«

Jay hatte sich mittlerweile wieder aufgerichtet, er blickte benommen durch die Gegend.

»Jay!«, sagte Blake.

»Alles in Ordnung mit dir?«

Die Frage war überflüssig, das wusste sie selbst.

»Er ist einfach ausgerastet«, sagte er benommen.

Seine Stimme klang ziemlich brüchig.

»Mein Algohl«, sagte Joseph nur immer wieder.

Es klang fast wie eine Art Mantra.

»Ihr verschwindet am besten sofort von hier, oder ich muss den Geschäftsführer rufen.«

»Schon gut«, erwiderte Jay nur.

»Wir verschwinden ja schon.«

Sie verließen daraufhin den Laden. Die Verkäuferin sprach noch ein paar Worte mit Joseph, während Marc, Blake, Jay und David schon das Einkaufszentrum verlassen hatten und auf die Straße getreten waren.

»Scheiße«, murmelte Jay, als sie sich außer Hörweite befanden.

»Dass er so reagieren würde, konnte ich ja nicht ahnen.«

»Aber warum mischst du dich denn da überhaupt ein? Lass ihn sich doch totsaufen, und gut ist. Es ist doch schließlich seine Sache«, meinte David sauer.

»Ist doch auch egal jetzt«, erwiderte Blake.

»Musst du ins Krankenhaus? Glaubst du deine Nase ist gebrochen?«

»Scheiße, ja. Aber ich denke, es geht auch so.«

»Was werden deine Eltern denn denken, wenn du so zu Hause

auftauchst?«

»Ach was weiß ich denn. Die sind mir eh ziemlich egal.«

»Lasst uns den nächsten Bus nach Hause nehmen. Ich denke, es hat für heute keinen Sinn mehr«, murmelte David.

»Wir könnten doch auch zu Danny gehen«, schlug Jay vor.

»Zu deinem Bruder?«

»Ja. Er wohnt seit zwei Monaten in einer eigenen Wohnung, hier ganz in der Nähe.«

»Wie weit entfernt?«, fragte Blake.

»Von hier? Vielleicht zehn Minuten.«

»Okay, dann lasst uns mal los«, sagte David.

»Wir können ihn ja in unseren Plan einweihen. Vielleicht möchte er ja mitkommen«, entschied Jay.

3

Zehn Minuten später betätigte Jay bereits den Klingelknopf, und eine weitere Minute später öffnete Danny ihnen die Tür. Jay erzählte ihm in Kürze, was sie vorhatten, und er bat sie hinein. Sie setzten sich in das geräumige Wohnzimmer auf eine durchgesessene, schwarze Ledercouch.

»Wollt ihr etwas trinken?«, fragte Danny, steckte sich eine Zigarette in den Mund und zündete sie an.

»Ich nicht, danke«, sagte Blake.

Marc, David und Jay verneinten ebenfalls.

»Also. Was habt ihr vor?«, fragte er, als er sich auf einen Sessel gesetzt hatte.

»Einen Ausflug«, meinte Jay.

»Genau. Zu einem Haus, in dem angeblich Geister hausen sollen«, bestätigte David.

»Und was ist denn mit deiner Nase passiert?«, fragte Danny nun geschockt an seinen Bruder gewandt.

Es schien so, als wäre ihm das tatsächlich erst nach einigen Momenten aufgefallen.

»Nicht so wichtig. Viel wichtiger ist der Grund, der uns hierhergeführt hat.«

»Und der ist? Euer Trip?«

»Richtig, Sherlock«, bestätigte Jay.

Danny zog eine Augenbraue hoch.

»Und weiter?«

Jay erzählte ihm alles, was sie von Joseph erfahren hatten. Danny hörte ihnen aufmerksam zu und stellte keine Zwischenfragen. Als Jay seine Erzählung beendet hatte, sagte Danny:

»Das klingt definitiv interessant, wenn es alles so stimmt, was der Alkoholiker euch erzählt hat. Ich weiß nicht, ich traue ihm nicht wirklich, nach den Dingen, die ihr erzählt habt. Ich glaube, dass er einfach nur ein Spinner ist.«

»Vor allem...«, meinte Blake.

»Erst will er uns unbedingt davon abhalten und dann will er auf einmal selbst mit. *Das* ist doch wirklich merkwürdig, oder?«

Danny lächelte.

»Ich schätze mal, das liegt an seiner Langeweile.«

Ein paar Sekunden des Schweigens vergingen, bis Jay sich schließlich zu Wort meldete.

»Also, kommst du mit?«

»Wann soll es denn losgehen?«

Jay blickte in die Runde.

»Morgen. Morgen Abend.«

»Morgen Abend?«, fragte Blake verwirrt.

»Aber...«

»Was aber?«

»Ich muss doch immer bis Sonnenuntergang zu Hause sein. Das weißt du doch.«

»Wir machen es aber nach Sonnenuntergang. Du schleichst dich einfach leise aus dem Haus, oder du sagst, du schläfst bei Marc.«

Jay blickte Marc an. Dieser errötete.

»Ich kann ja mal fragen. Dagegen sollten meine Eltern eigentlich nichts haben, da sie Marc sehr gut kennen.«

Sie grinste.

»Okay, Leute. Wann soll ich euch denn abholen?«

»So gegen halb elf?«, fragte Jay.

»Geht klar.«

Marc stand auf. In der Wohnung stank es jetzt nach Nikotin und er mochte den Geruch nicht, weshalb er schnellstmöglich wieder raus wollte. Sie verabschiedeten sich von Danny, schlugen den Weg zur Bushaltestelle ein und mussten dort sieben Minuten warten, bis der richtige Bus vor ihnen hielt. Auch dieser war rappelvoll, genau wie auf der Hinfahrt. Dieses Mal fanden sie keinen Sitzplatz mehr, und die Busfahrt schien noch länger zu dauern als zuvor. Marc war froh, als sie nach zweieinhalb Stunden endlich wieder die Haltestelle in der Nähe des *Desert Valleys* erreicht hatten. Die Zeit war ihm ewig lang vorgekommen, und erst in der letzten halben Stunde hatte sich der Bus so geleert, dass sie sich alle setzen konnten.

»So, Leute. Ich muss jetzt nach Hause«, murmelte Jay.

»Obwohl ich eigentlich gar keine Lust dazu habe.«

»Sie werden dir schon nicht den Kopf abreißen«, meinte Blake.

»Ach ja?«

»Ja.«

Blake wandte sich an Marc.

»Willst du vielleicht noch mit zu mir kommen? Ich kann dann mit meinen Eltern abklären, ob ich bei dir übernachten darf.«

»Geht klar. Und du?«, fragte Marc David.

»Ich sollte glaube ich auch besser mal nach Hause. Macht's gut, Leute.«

Sie verabschiedeten sich nun alle voneinander. Marc und Blake mussten nur fünfhundert Meter gehen, bis sie die Wohnung von Blake erreicht hatten. Sie holte den Schlüssel aus ihrer Handtasche hervor und schloss dann die Tür auf. Kurz darauf stiegen sie die Treppen hoch, bis sie vor der Wohnungstür angekommen waren. Hinter der Holztür war es still, Blake schloss die Tür auf und trat langsam ins Innere, Marc folgte ihr.

»Jemand zu Hause?«, rief sie.

Keine Antwort.

»Schau mal«, sagte Marc und zeigte auf einen Zettel, der auf einer Kommode am Eingang lag.

Blake nahm ihn in die Hand und las ihn durch. Danach legte sie ihn grinsend wieder zurück.

»Sie sind nicht da«, sagte sie.

»Cool«, meinte Marc und grinste ebenfalls.

»Lass uns doch nach oben gehen.«

Blake stieg die Treppenstufen zu ihrem Zimmer hinauf und Marc folgte ihr. Sie öffnete die Tür und ließ ihn hinein.

»Magst du vielleicht was trinken?«, fragte sie.

»Ja klar. Was hast du denn da?«

»Müsste ich mal schauen.«

Blake verließ ihr Zimmer und ging wieder die Treppe herunter.

»Warte. Ich komme mit.«

Sie erreichten die geräumige Küche. Blake öffnete den Kühlschrank.

»Cola, Sprite... Aber... warte mal kurz hier.«

Blake verließ die Küche, Marc zog einen Stuhl vom Tisch zurück und setzte sich. Nach einer Minute kam sie wieder, in der einen Hand hatte sie eine Wodkaflasche, in der anderen zwei Cocktailgläser.

»Lust auf eine Bloody Mary?«, fragte sie ihn.

»Oh ja. Aber bist du sicher, dass deine Eltern das nicht bemerken?«

»Ach die...«

Blake winkte ab.

»Die merken das schon nicht. Keine Angst. Geh du schon mal nach oben und such' dir eine DVD aus. Stehen alle in dem Raum neben meinem Zimmer. Ich bereite währenddessen die Cocktails zu.«

»Okay«, meinte Marc und ging die Treppe hoch.

Bevor er jedoch den Nebenraum betrat, ging er kurz in Blakes Zimmer. Er setzte sich auf ihr Bett und lehnte sich zurück. Plötzlich nahm er unter ihrer Bettdecke eine rechteckige Aus-beulung wahr. *Was ist das?*, fragte er sich. Sollte er vielleicht einen kurzen Blick wagen? Jetzt oder nie. Er zog die Decke zurück und sah, dass es sich um ein Tagebuch handelte. *Soll ich es öffnen? Nein. Eindeutig nicht.* Er würde sie bestimmt nicht hintergehen, obwohl er zugegebenermaßen natürlich sehr, sehr neugierig war. Er legte die Decke wieder darauf und ging dann in den Nebenraum. Zwei Minuten später hörte er, wie Blake die Treppenstufen hochgestiegen kam.

»Hast du schon einen Film gefunden?«, rief sie ihm zu.

»Nein«, antwortete er knapp.

»Such dir irgendeinen aus. So schwer kann das doch nicht sein.«

Marc warf einen weiteren Blick auf die Filmesammlung und entschied sich spontan für *The Evil Dead*. Er nahm die Hülle und ging damit zu Blake. Die Cocktails standen bereits auf dem Couchtisch.

»Wow«, meinte er.

»Die sehen echt lecker aus.«

»Danke«, sagte Blake und lächelte.

»Welche DVD hast du denn jetzt geholt?«

Marc reichte ihr die Hülle.

»Den Film kenne ich schon. Da spielen unter anderem Bruce Campbell und Ellen Sandweiss mit. Der ist wirklich gut.«

»Die Schauspieler kenne ich nicht«, meinte Marc.

»Muss man ja auch nicht. Ich finde nur, sie spielen ihre Rollen ziemlich gut.«

Marc nahm das Cocktailglas in die Hand. Die Eiswürfel klimperten gegen das kalte Glas. Er setzte es an die Lippen und trank einen großen Schluck.

»Schmeckt genauso gut, wie er aussieht«, meinte er.

Blake schaltete derweil das Fernsehgerät ein und legte die DVD in den Player. Danach setzte sie sich wieder auf die Couch und legte ihren Kopf auf Marcs Schulter. Sie sahen sich den Film an, aber Marc hatte in Wirklichkeit nur Augen für Blake. Nach etwa der Hälfte des Filmes durchbrach sie schließlich das Schweigen zwischen ihnen.

»Erinnert mich irgendwie an das mysteriöse Haus.«

»Stimmt.«

»Einerseits möchte ich gerne herausfinden, ob Josephs Worte stimmen, aber andererseits... wenn er tatsächlich recht hat, sollten wir diesen Ort nicht aufsuchen.«

»Du glaubst doch nicht wirklich, dass das, was er erzählt hat, stimmt, oder? Man kann ihm einfach nicht trauen. Er ist meines Erachtens nach nicht mehr als ein verwirrter, alkoholsüchtiger Mann.«

»Trotzdem kann doch das, was er gesagt hat, stimmen.«

»Und deshalb will er selber mitkommen? Das ist doch Schwachsinn, das widerspricht sich doch total. Wenn er es selber glauben würde, würde er doch nicht mitkommen wollen.«

»Da hast du auch wieder recht. Trotzdem denke ich, es wäre

nicht verkehrt, ihn mitzunehmen.«

Marc drehte sich zu ihr herum.

»Wir sollten ihn mitnehmen, zu unserem Ausflug«, wiederholte sie.

»Das ist doch nicht dein Ernst, oder?«

»Doch. Er ist im Grunde ja kein schlechter Mensch. Er hatte einfach nur viel Pech in seinem Leben.«

»Woher willst du das denn wissen?«

»Er hat es mir einmal erzählt.«

»Wann?«

»Das ist schon etwas länger her. Wieso?«

»Nur so. Wie seid ihr denn auf das Thema zu sprechen gekommen?«

»Ich habe ihn einfach offen danach gefragt, weil es mich interessiert hat.«

»Okay. Und was hat er dann erzählt?«

»Er hat seine Eltern schon sehr früh durch einen Autounfall verloren. Deshalb musste er zu seiner Tante ziehen.«

Blake machte eine kurze Pause.

»Diese hat ihn aber nicht gut behandelt. Sie hat ihn geschlagen, mitunter sogar ganz ohne Grund. Im Alter von siebzehn Jahren konnte er es schließlich nicht mehr länger ertragen. Eines Nachts schlich er sich in die Küche, nahm das schärfste Messer aus dem Schrank und schnitt ihr damit die Kehle durch. Danach kam er in eine psychiatrische Anstalt, zehn Jahre musste er dort bleiben. Zehn Jahre! Er hat mir erzählt, dass das für ihn die schlimmsten Jahre seines Lebens waren – letzten Endes noch schlimmer als die bei seiner Tante. Er hatte dort keine einzige Bezugsperson, und von den Pflegern wurde er auch schlecht behandelt. Mit siebenundzwanzig

36

kam er endlich frei und baute sich daraufhin ein neues Leben auf. Er lernte schließlich eine Frau kennen, sie hieß Marta. Sie waren Hals über Kopf ineinander verliebt, und heirateten bereits ein Jahr später. Sie führten eine glückliche Ehe - bis zum 16. Januar 1968.«

Blake machte eine weitere Pause.

»Was passierte dann?«, fragte Marc neugierig.

»An dem Tag musste sie länger als gewöhnlich arbeiten. Es war also schon dunkel, und Joseph fragte sich so langsam, wo sie denn blieb. Als sie nach einer weiteren Stunde immer noch nicht zu Hause war, hielt er es nicht mehr aus. Er stieg in sein Auto und fuhr zu ihrem Arbeitsplatz. Ihr Auto stand aber nicht mehr dort auf dem Parkplatz, und als Joseph sich am Empfang nach ihr erkundete, erfuhr er, dass sie die Arbeit bereits vier Stunden zuvor verlassen hatte. Danach hat niemand mehr etwas von ihr gehört.«

Blake standen nun die Tränen in den Augen. Trotzdem erzählte sie weiter.

»Zwei Tage später hat man ihre Leiche gefunden; unter der zugefrorenen Wasseroberfläche eines naheliegenden Sees. Es bestand kein Zweifel daran, dass sie ermordet worden war.«

»Hat man den Täter denn jemals gefasst?«

»Ja. Es war ein Serienmörder, der bereits drei weitere Leben auf dem Gewissen hatte. Alles ebenfalls Frauen.«

»Hatte er denn ein Motiv?«

»Nein. Zumindest nicht laut seiner Aussage. Er bekam die Todesstrafe. Nachdem er hingerichtet worden war, war Josephs Leben nicht mehr dasselbe. Er ertränkte seine Probleme fortan in Alkohol und versuchte mehrmals, sich umzubringen. Doch er schaffte es nicht. Beim letzten, entscheidenden Schritt, zögerte er immer. Er konnte einfach den Mut dafür aufbringen.«

»Oh Mann«, meinte Marc.

»Jetzt, wo du mir das erzählt hast, habe ich wirklich Mitleid mit ihm. So ein Leben wünscht man doch keinem.«

»Deshalb denke ich, dass wir ihn mitnehmen sollten. Einfach, um ihm zu zeigen, dass er nicht ganz allein ist.«

»Von mir aus schon, aber wir müssen noch Jay davon überzeugen.«

Blake hielt inne, als plötzlich ein Motorengeräusch zu hören war.

»Meine Eltern«, murmelte sie.

Zwei Minuten später öffnete sich die Haustür. Marc hörte, wie Einkaufstaschen abgestellt wurden.

»Blake?«, rief Claire, Blakes Mutter.

»Ja?«

»Willst du gleich mitkommen? Wir gehen Essen.«

Blake wechselte einen kurzen Blick mit Marc.

»Nee, wir bleiben lieber hier.«

»Wir?«

»Marc und ich.«

»Okay.«

Kurz darauf wurde unten eine Tür geschlossen, Blakes Eltern hatten das Haus bereits wieder verlassen. Marc und Blake gingen zurück in Blakes Zimmer, der Film war mittlerweile schon zu Ende. Der Abspann lief bereits.

»Jetzt haben wir das Ende verpasst«, murmelte Marc.

»Es passierte eh nichts Spannendes mehr.«

Sie zuckte mit den Schultern.

»Was wollen wir denn jetzt machen?«, fragte Marc.

Blake grinste.

»Was immer du willst.«

»Meinst du wirklich...?«

Sie schlang ihre Arme um seinen Oberkörper und zog ihn näher an sich heran. Ihre Lippen öffneten sich zu einem Kuss. Marc spürte, wie etwas von innen gegen seine Hose drückte. *Nein,* dachte er. *Das ist echt unpassend...* Doch Blake grinste nur.

»Siehst du?«, murmelte sie.

Danach ging sie auf die Knie und widmete sich dem Reißverschluss seiner Hose. Wenige Sekunden später hatte sie diesen geöffnet und ein leichter Windhauch streifte Marcs pulsierende Erektion. Blake öffnete ihren Mund, und Marc spürte, wie sich ihre warmen Lippen um sein Glied legten. Er stöhnte erregt auf.

»Gefällt dir das?«, flüsterte sie.

Marc nickte.

»Ja. Ja!«

Ein erneutes Stöhnen löste sich aus seiner Brust. Blake bewegte ihre Lippen langsam vor und zurück und Marc spürte, wie er immer härter wurde. Er konnte es schließlich fast nicht mehr aushalten, als Blake einen Augenblick lang innehielt. Als sie fortfuhr, wusste Marc, dass es nicht mehr lange dauern würde. Ein paar Augenblicke später kam er pulsierend zum Höhepunkt. Nachdem Marc seinen Penis wieder aus ihrem Mund genommen hatte, leckte Blake sich die Lippen und sah ihn aufreizend an.

»Hat es dir gefallen?«

»Ja!«

Und wie!, ergänzte er in Gedanken. So weit waren sie bisher noch nicht gegangen – eine solche Situation hatte sich noch nie ergeben, und dass sich das ausgerechnet heute ändern würde, damit hätte er nie im Leben gerechnet.

»Mir auch.«

Sie lächelte.

Marc spürte, wie seine Erektion langsam wieder zurückging. Er zog sich seine Boxershorts und seine Jeans über und schloss den Reißverschluss wieder.

»Lass uns jetzt zu Joseph gehen.«

Marc blickte sie ungläubig an.

»Wirklich?«

»Warum denn nicht?«

»Was willst du denn von ihm?«

»Einfach nur ein bisschen mit ihm reden.«

»Denkst du, das macht Sinn? Ich meine, er und Jay hatten vorhin einen riesigen Streit und er ist garantiert immer noch total betrunken...«

»Jay«, murmelte Blake plötzlich.

»Was?«

»Wir könnten ihn ja mitnehmen.«

Blake schien komplett von ihrer Sache überzeugt zu sein.

»Ich verstehe das nicht. Was willst du denn bloß bei Joseph? Und was willst du von Jay?«

Sie grinste ihn an.

»Du musst mich nicht verstehen. Es reicht ja, wenn ich es tue.«

4

Um Punkt acht Uhr morgens betrat Wilson den *Desert Market*. Er ließ seinen Blick durch den Raum schweifen. *Worauf habe ich mich hier nur eingelassen?*, fragte er sich. *Der erste Eindruck...* Plötzlich bemerkte er aus den Augenwinkeln eine Bewegung.

»Guten Morgen, Mr. Baines. Mein Name ist Miller. Cathy Miller.«

Sie reichte ihm ihre Hand. Zögernd nahm er sie entgegen.

»Am besten führe ich Sie erst mal etwas herum. Dadurch können Sie sich ein Bild von unserem kleinen, aber feinen Supermarkt machen. Das ist ja wichtig, schließlich werden Sie ja die nächsten zwei Wochen bei uns verbringen.«

Wilson blickte desinteressiert durch die Gegend. Freiwillig war er definitiv nicht hier. Und der Weg... na egal. *Es ist ja nur ein zweiwöchiges Praktikum.* Der Laden war allerdings noch schlimmer, als er ihn sich vorgestellt hatte. Klein. *Ja, er ist definitiv klein. Und so altmodisch. Vielleicht hätte ich mir doch etwas anderes suchen sollen*, dachte er. Er hätte einfach etwas früher mit den Vorbereitungen beginnen sollen. *Das Beste ist natürlich immer direkt am Anfang weg, danach bleiben eben nur noch die Reste.* Innerlich schüttelte er den Kopf. *Ich muss da jetzt durch.*

»Okay, das ist eine gute Idee, denke ich. Dann führen Sie mich mal herum. Ich bin schon sehr gespannt.«

Cathy Miller geleitete ihn durch den kleinen Laden. Immerhin gab es einen Vorteil: der Markt war recht übersichtlich. Als Wilson an der Kasse nur einen Notizblock und einen Bleistift sah, fühlte er sich erneut bestätigt.

»Nun kommen wir zu unserem Kassensystem. Es gibt bei uns noch keine modernen Registrierkassen, wie Ihnen sicherlich schon aufgefallen ist. Da unser Supermarkt schon seit knapp einhundert Jahren an Ort und Stelle steht und immer noch ein familiäres Unternehmen ist, verzichten wir ebenfalls auf neumodische Dinge wie Kartenzahlung und Ähnliches.«

Wilson hörte ihr zu und musste innerlich den Kopf schütteln. *Was sollte das? Das kann doch nicht marktfördernd sein. Das schreckt die Kunden doch eher ab.* Zumindest schreckte es ihn ab. *Es sind nur zwei Wochen*, machte er sich wieder klar. Das war die einzige Durchhalteparole die er hatte, weshalb er sich an diesem Satz festklammern musste.

»Das war unser kleiner, aber überschaubarer Supermarkt. Nun zeige ich Ihnen noch den Pausenraum, wo Sie ihre Sachen ablegen können.«

Erneut ging Cathy Miller vor und wies ihm den Weg. Sie führte ihn in einen kleinen Raum hinein, dessen Tür von außen kaum einsehbar war. Wilson konnte den leichten Geruch von kaltem Zigarettenrauch wahrnehmen, und sah nach wenigen Sekunden auch die Ursache dafür. Ein Aschenbecher, der genau in der Mitte des Tisches stand. Cathy ging zu einem der zwei Fenster und öffnete es. Obwohl es in dem Raum stickig war, glaubte Wilson nicht, dass die drückende, schwüle Außenluft daran etwas ändern konnte. Schon um halb neun waren es bereits neunundzwanzig Grad. Und das ging schon seit Wochen so. Wilson setzte seinen Rucksack ab und legte ihn auf einen Stuhl, der an dem Tisch stand. Er wollte sich gerade setzen, doch Cathy Miller sagte:

»Folgen Sie mir, bitte. Dann kann ich Ihnen auch noch direkt zeigen, welche Aufgaben ich für Sie vorgesehen habe.«

Cathy ging wieder in den Verkaufsraum hinein und Wilson folgte ihr. Hinter ihm fiel die Metalltür mit einem lauten Scheppern ins Schloss, woraufhin er zusammenzuckte. Cathy führte ihn in die Abteilung mit dem Aufschnitt. Sie blieb mitten im Gang stehen und griff nach einem Gerät. Missmutig schlenderte Wilson zu ihr hinüber.

»Als erstes prüfen Sie bitte die Waren auf ihre Haltbarkeit. Wenn das Mindesthaltbarkeitsdatum bereits erreicht oder sogar überschritten ist, zeichnen Sie diese bitte mit dem Gerät aus. Das geht wie folgt.«

Cathy zeigte ihm, welche Knöpfe er drücken musste, um die Waren auszuzeichnen.

»Falls Sie noch weitere Fragen haben, wenden Sie sich entweder an meine Kollegin Susan, meinen Kollegen Matthew oder an mich selbst. Sie finden uns entweder irgendwo hier im Laden oder an der Kasse.«

Als Cathy sich bereits anschickte zu gehen, sagte Wilson:

»Warten Sie bitte kurz.«

Sie drehte sich noch einmal zu ihm um.

»Wo sollen denn die abgelaufenen Waren hin? Was soll ich damit machen?«

»Ach ja. Die legen Sie bitte einfach in diesen Korb.«

Sie zeigte auf einen geflochtenen Korb, der in einem leeren Fach in der Kühltruhe stand. An ihm klebte ein Schild mit der Aufschrift *-50%*.

»Okay.«

Wilson wandte sich ab und begann, die Waren zu durchsuchen. Es dauerte nur zwei Minuten, bis er auf eine Salamipackung stieß, die das Haltbarkeitsdatum bereits erreicht hatte.

Er bediente das Gerät und legte die Packung samt Aufkleber danach in den Korb. Es war allerdings auch die einzige Verpackung, die er im gesamten Regal fand. Nach einer Viertelstunde hatte er seine Arbeit schon erledigt. Bevor er jedoch zu der Kasse ging und sich nach einer neuen Aufgabe erkundigte, machte er einen Abstecher in den Pausenraum. Hastig kramte er in seinem Rucksack herum und förderte dort eine Packung *Camels* zutage. Danach griff er sich ein Feuerzeug, welches auf dem Tisch lag und zündete sich die Zigarette an. Genüsslich nahm er einen tiefen Zug, blies den Rauch in die Luft und seufzte. Nachdem er die Zigarette aufgeraucht und im Aschenbecher ausgedrückt hatte, betrat er den *Desert Market* erneut und schritt zielstrebig zur Kasse.

»Ich bin fertig«, sagte er knapp, als er Cathy entdeckt hatte.

»Okay. Wir bekommen gleich eine neue Lieferung, Sie können Matthew dabei zusehen, wie er die Ware entgegennimmt. Bis der Transport hier ist, können Sie ruhig Pause machen.«

Wilson ging also erneut in den Pausenraum und kramte eine Brotdose aus seinem Rucksack hervor. Er öffnete diese und nahm sich ein belegtes Brot heraus. Zehn Minuten später klopfte Matthew an die Tür des Pausenraums und trat wenig später ein.

»Die Lieferung ist da«, sagte er knapp.

»Okay.«

Wilson schob den Stuhl zurück und stand auf. Matthew verließ den Pausenraum durch eine Tür, die direkt auf die Rückseite des Supermarktes führte. Der Lebensmittelwagen, ein mittelgroßer Transporter, stand bereits auf dem ihm zugewiesenen Parkplatz. Ein Mann mittleren Alters stieg gerade aus der Fahrertür, während ein jüngerer auf der Beifahrerseite ausstieg.

Sie holten die Lebensmittel hervor und Matthew unterschrieb einige Formulare. Wilson schaute geduldig zu, doch schon nach wenigen Sekunden standen ihm Schweißperlen auf der Stirn. Es war einfach unerträglich heiß hier draußen. Nach vier Minuten hatte Matthew alles geklärt. Er winkte Wilson herbei und deutete auf einige Pakete, die er nicht alleine tragen konnte. Gemeinsam beförderten sie diese ins Innere des *Desert Markets*. Wilson war erleichtert, als er sie endlich abstellen konnte und sich wieder im leicht klimatisierten Inneren des Supermarktes befand. Er folgte Matthew, der jetzt auf die Kasse zuging.

»Ich bin fertig«, sagte er, als er sich am Kassentresen befand, hinter dem Cathy saß.

»Okay«, sagte sie.

»Da ich für Sie auch keine Aufgaben mehr habe, können Sie jetzt ruhig nach Hause fahren. Am Montag geht es dann richtig los, kommen Sie dann bitte schon um sieben Uhr. Heute ist Samstag, und bisher hatten wir noch keinen einzigen Kunden, aber an den Wochentagen ist das selbstverständlich anders.«

»Gut«, meinte Wilson.

»Dann wünsche ich Ihnen einen schönen Sonntag.«

Wilson verabschiedete sich und ging in den Pausenraum. Ein Samstag als erster Praktikumstag war zwar nicht optimal, aber er hatte es sich ja nicht aussuchen können. Er nahm sich eine weitere Zigarette aus der Packung und ging durch die Tür auf den Parkplatz. Mithilfe des Feuerzeuges, welches er aus seiner Hosentasche zog, zündete er die Zigarette an. Er ließ seinen Blick umherschweifen, während er ab und zu einen tiefen Zug nahm. Eine wirklich karge Wüstenlandschaft war das hier. Ein paar vereinzelte Sträucher, die aber allesamt verdorrt waren, zierten die Umgebung. Er blies den Rauch in die schwüle Luft. Nachdem er seine Zigarette aufgeraucht hatte, schmiss er sie achtlos auf den Asphalt, drückte die Asche mit seinem Fuß aus und stieg dann in seinen *Ford Windstar*. Er hatte ihn vor zwei Jahren von seinen Eltern geschenkt bekommen, denn sie hatten ihn nicht mehr gebraucht. Der Wagen sah zwar nicht mehr besonders schön aus, aber er lief ohne Probleme, und das war das einzig Wichtige. Wilson steckte den Schlüssel in das Schloss, drehte ihn herum und startete dann den Motor. Da der Wagen, seit er ihn dort geparkt hatte, in der Sonne gestanden hatte, konnte er das Lenkrad noch nicht berühren. Es war nahezu kochend heiß, deshalb stellte er die Klimaanlage an, und nachdem das Fahrzeug sich etwas abgekühlt hatte, fuhr er los. Die Straße führte ihn tief in den Wald hinein.

5 *Vor vielen Jahren...*

Dieses Haus macht mir Angst. Wir sind jetzt schon seit einer Woche hier, und ich werde diese Albträume einfach nicht los. Kindliche Albträume, sagen meine Eltern, aber ich weiß, dass es nicht so ist. Ich fühle es. Ich sitze in meinem Zimmer und sehe aus dem Fenster in den tiefen Wald hinein. Es ist idyllisch. Zumindest macht es den Anschein, aber ich weiß genau, dass dem nicht so ist. Dieses Haus gefällt mir nicht, das habe ich direkt beim Einzug gemerkt. Mein Vater hat es für uns ausgesucht. Ein Ferienhaus, mitten im tiefen Wald. Urlaub, sagt er. Wenn da nur nicht diese merkwürdigen Dinge wären. Ich werde versuchen, über sie zu erzählen, so gut, wie ich es kann. Also, alles fing beim Einzug vor genau einer Woche an. Wir kamen erst spät an, da die Fahrt länger dauerte, als wir es geplant hatten. Wir ließen unsere Sachen im Korridor stehen, bezogen unsere Zimmer und gingen sofort schlafen. Wie gesagt, es war ziemlich spät, weshalb ich auch schnell einschlief. Mitten in der Nacht wachte ich allerdings auf, der Grund dafür war ein Licht. Ich hatte die Glaslampe am vorigen Tage nur kurz gesehen, aber ich wusste trotzdem, wie sie aussah. Sie befand sich direkt hinter meiner Zimmertür auf einer Kommode. Daher kam auch der Lichtschein. Ich schlug die Bettdecke zurück und stand auf, um zu sehen, was die Ursache dafür war. Doch genau in diesem Moment, als ich die Tür öffnen wollte, erlosch das Licht wieder. Bevor ich jedoch verwirrt zurück ins Bett stieg, öffnete ich trotzdem die Tür, um mich zu vergewissern, ob die Lampe auch wirklich ausgeschaltet war. Der Flur lag still und dunkel vor mir. Doch ich war mir si-

cher, nein, ich wusste ganz genau, dass das Licht angeschaltet gewesen war. Doch wer sollte es gewesen sein? Meine Eltern waren es bestimmt nicht, denn ich wäre allein schon durch das Geräusch ihrer Schritte wach geworden. Leise schlich ich die ächzende Holztreppe hinunter, die in den Raum führte, in dem meine Eltern schliefen. Durch die Tür konnte ich das Schnarchen meines Vaters hören, dazu das leise, gleichmäßige Atemgeräusch meiner Mutter. Sie schliefen beide tief und fest. Ich ging wieder auf mein Zimmer zurück, doch ich konnte einfach nicht mehr einschlafen. Ich wollte es auch gar nicht mehr. Krampfhaft hielt ich die Augen auf, und hoffte fast, dass sich der merkwürdige Vorfall wiederholen würde. Doch das tat er nicht.

6

Wenige Augenblicke später befanden sie sich bereits vor der Wohnung von Jay. Marc wollte den Klingelknopf betätigen, doch Blake hielt ihn zurück.

»Es muss doch irgendeine andere Möglichkeit geben«, murmelte sie.

»Die gibt es aber nicht«, meinte Marc.

»Doch. Warte kurz.«

Blake drehte sich um und Marc folgte ihrem Blick. Sie öffnete ihre Handtasche und kramte dann mit einem Grinsen im Gesicht ein Funkgerät hervor.

»Hier.«

Sie drückte den Knopf, um ein Signal aufzunehmen. Wenig später empfing sie eins.

»Jay?«, fragte sie leise.

»Blake?«, fragte Jay am anderen Ende verblüfft.

»Ja. Komm mal bitte vor die Tür.«

»Warte eben. Ich muss nachschauen, ob *sie* schon schlafen.«

Sie. So sprach Jay immer von seinen Eltern. Das leise Ächzen von Jays Zimmertür drang nun durch den Lautsprecher des Funkgerätes, und wenig später hörte Marc, wie Jay die Treppe hinunterging. Dann ertönte das Klicken eines Schlüssels im Schloss, bevor sich die Tür langsam öffnete. Vor ihnen stand Jay, seine dunklen Haare sahen ziemlich unordentlich aus. Er hatte augenscheinlich bereits geschlafen.

»Marc? Was wollt ihr denn hier?«

»Reden«, antwortete Blake.

»Mit dir und Joseph. Ein klärendes Gespräch sozusagen. Das

Ganze war meine Idee.«

Jay blickte sie verdutzt an.

»Was?«, brachte er schließlich nur hervor.

»Ich glaube, dass Joseph mehr über das Haus weiß, als er vorgibt. Deshalb denke ich, dass es eine gute Idee wäre, wenn wir ihn mitnehmen würden. Er kann uns bestimmt weiterhelfen. Aber vorher glaube ich, dass es besser wäre, wenn ihr euren Streit begraben würdet.«

»*Diesen* Typen willst du mitnehmen?«, fragte Jay, vielleicht eine Spur zu laut.

»Ich habe dir den Grund doch schon genannt«, erwiderte Blake ungeduldig.

»Ich glaube nicht, dass es notwendig ist. Warum sollte ich mich denn entschuldigen? Habe ich etwa was falsch gemacht?«, fragte er angriffslustig.

»Du hast dich in eine Angelegenheit eingemischt, die dich eigentlich nichts angeht. Und damit hast du einen unnötigen Streit heraufbeschworen. Entschuldige die direkten Ausdrücke, aber so war und ist es nun mal gewesen.«

»Gut. Was hast du vorhin gesagt? Du glaubst, dass er mehr weiß, als er vorgibt?«

»Das war nur eine Eingebung. Ich habe mal mit ihm gesprochen, und er hat mir seine Lebensgeschichte erzählt. Er hatte eine ganz schlimme Kindheit, und auch danach wurde es kaum besser für ihn. Aber ich glaube, er hat mir etwas verschwiegen.«

Jay gähnte.

»Okay«, murmelte er.

»Wartet hier, ich ziehe mich nur eben um. Übrigens, Danny hat vorhin noch angerufen.«

»Und?«, fragte Marc.

»Er hat gefragt, ob wir nicht morgen bei ihm *übernachten* wollen. Dann könnten wir um kurz vor Mitternacht unseren Ausflug starten.«

»Ich denke mal, dass das kein Problem darstellen sollte. Meine Eltern kennen Danny ja noch von früher«, erklärte Blake.

»Genau, das habe ich auch gedacht. Wartet mal eben, ich bin gleich wieder da.«

Jay verschwand in der dunklen Wohnung, kam aber schon wenig später wieder. Er hatte sich einen schwarzen Kapuzenpullover, der ihm um einige Nummern zu groß war, und eine Jeans angezogen. Seine Nase sah schon besser aus als vor ein paar Stunden, mittlerweile glaubte Marc nicht mehr, dass sie wirklich gebrochen war. Jay schloss leise die Wohnungstür, und sie verließen den Plattenbau durch das Treppenhaus. Die Nacht war tiefschwarz und klar, der Himmel wurde von einigen Sternen erleuchtet, und die Umgebung lediglich durch den Mondschein und die Straßenlaternen erhellt. Die kühle Luft tat nach der schwülen Hitze des Tages allen gut. Nach wenigen Minuten hatten sie schon den Wohnwagen von Joseph erreicht. Im Inneren war es dunkel. Blake ballte ihre Hand zu einer Faust und klopfte mehrmals laut an die Tür. Wenig später waren Schritte zu hören und der Wohnwagen polterte. Ein Glas wurde umgestoßen und Joseph stieß einen lauten Fluch aus. Dann öffnete er die Wohnwagentür.

»Ihr?«, fragte Joseph irritiert.

Sein Atem roch immer noch stark nach Alkohol.

»Ja. Joseph, wir müssen mit dir reden.«, meinte Blake.

»Okay. Kommt rein«, murmelte er.

»Alle, bis auf du.«

Er zeigte dabei auf Jay.

»Joseph. Er möchte sich nur bei dir entschuldigen.«

Joseph blickte ihn ungläubig an.

»Ja. Lass uns bitte rein«, drängte ihn Jay.

Joseph gab den Weg frei und wies wieder auf die durchgesessene Sitzecke. Marc setzte sich nach innen und Blake nahm neben ihm Platz. Jay setzte sich so hin, dass er Joseph direkt in die Augen blicken konnte.

»Also gut. Was genau führt euch hierher? Ich fürchte, dass es weniger mit einer Entschuldigung, als mit etwas anderem zu tun hat.«

»Richtig«, murmelte Blake und fühlte sich ertappt.

»Es hat mit dem Haus zu tun. Wir haben uns entschieden, den Ausflug morgen zu machen. Und wir wollen dich mitnehmen.«

»Warum auf einmal?«, fragte Joseph nur.

»Wir glauben, dass du uns eine große Hilfe sein könntest.«

Joseph erhob sich und schenkte sich über dem Spülbecken mit zitternden Händen ein Glas *Jack Daniels* ein. Danach setzte er sich wieder hin.

»Also gut. Und ihr wollt morgen los?«

Seine Stimme klang deutlich klarer als vorhin im Kaufhaus. Er schien seit dem Vorfall tatsächlich keinen Tropfen mehr getrunken zu haben, sah es jetzt jedoch als unumgänglich.

»Ja. Wir treffen uns bei Jays Bruder. Von dort aus fahren wir dann gegen Mitternacht los.«

Joseph grinste.

»Auch noch nachts?«

Joseph blickte in die Runde und stockte.

»Wo ist...«

»David?«, kam Marc ihm zuvor.

»Der ist zu Hause. Aber er ist morgen ebenfalls mit dabei.«

»Dann gibt es allerdings ein kleines Problem.«

»Welches denn?«, fragte Jay.

»Ich habe nur vier Sitzplätze in meinem Dodge.«

»Ich kann ja vorher schon mit dem Bus vorher zu meinem Bruder fahren. Ihr könnt dann nachkommen.«

»Dann müssen wir nur noch David Bescheid sagen. Und ich muss meine Eltern fragen, ob ich bei Danny übernachten darf«, meinte Blake.

»Bestimmt«, sagte Marc.

»Wenn sie wissen, dass du dabei bist, sowieso. Sie mögen dich nämlich.«

»Wirklich?«

»Ja. Genau wie ich.«

Sie lächelte ihn an.

»Genug geflirtet«, meinte Jay und grinste.

Marc errötete, während Blake zurückgrinste.

»Du bist doch nur neidisch.«

»Mag sein«, gab er schulterzuckend zu.

»Okay. Also wann wollen wir denn von hier aus losfahren?«, fragte Joseph.

»So gegen neunzehn Uhr? Dann haben wir noch genug Zeit, denn von Danny aus ist es dann noch ungefähr eine Stunde Fahrt dorthin.«

»Okay«, erwiderte Joseph.

»Aber trinke vorher gefälligst nichts, Joseph. Wir wollen uns nämlich nicht unnötig in Gefahr begeben«, meinte Blake.

»Das war heute schon zu viel.«

Er zeigte auf das gefüllte Schnapsglas.

»Möchte einer von euch auch etwas? Ich will nicht mehr.«

Jay ergriff das Glas und leerte es mit einem Zug. Danach verzog er das Gesicht.

»Teufelszeug«, murmelte er und erhob sich aus der Sitzecke. Blake und Marc folgten seinem Beispiel und wandten sich ebenfalls zum Gehen.

»Tschüss, Joseph«, meinte Blake.

»Bis morgen.«

Jay öffnete die Tür des Wohnwagens und trat wieder ins Freie. Marc schloss sie, als alle sich auf dem staubigen Untergrund befanden.

»Ich muss wieder nach Hause«, sagte Jay.

»Bevor *sie* was merken. Ich bin eigentlich schon viel zu lange weg.«

»Okay, dann bis morgen«, antwortete Marc.

»Ja. Und danke, dass du kooperiert hast«, sagte Blake.

»Ist doch kein Problem. Wir sind schließlich Freunde.«

Mit diesen Worten verabschiedeten sie sich voneinander. Jay ging den kurzen Weg zu seiner Wohnung zurück, während Marc und Blake sich auf eine Stelle setzten, die vom Mondlicht beschienen wurde.

»Das wird bestimmt ein richtiges Abenteuer«, sagte sie.

»Ja. Ich glaube, dass es fantastisch wird.«

Blake legte ihren Kopf auf seine Schulter und blickte ihm ins Gesicht.

»Anfangs konnte ich es gar nicht richtig verstehen, warum meine Eltern dich auf Anhieb so mochten. Aber jetzt weiß ich, dass man dich nur mögen kann. Das wurde mir mit der Zeit immer bewusster.«

Sie hob ihren Kopf und beugte sich vor, auf ihrer Stirn glitzerte eine Schweißperle im Mondlicht. Sanft legte sie ihren Mund auf seine Lippen und küsste ihn. Marc schloss die Augen, umarmte sie und genoss den Moment einfach nur.

»Ich liebe dich, Marc«, sagte sie und lächelte ihn an.

»Ich liebe dich auch.«

Sie lösten sich wieder voneinander.

»Es ist schon ziemlich spät, hoffentlich sind meine Eltern noch nicht zu Hause. Begleitest du mich noch heim?«

»Klar doch.«

Sie machten sich auf den Weg und erreichten nach ein paar Minuten Blakes Wohnung. Erleichtert stellten sie fest, dass ihre Eltern tatsächlich noch nicht zu Hause waren.

»Ich glaube, ich sollte langsam auch mal zu mir gehen«, entgegnete Marc und blickte auf seine Armbanduhr. Es war bereits nach dreiundzwanzig Uhr.

»Okay«, meinte Blake und hauchte ihm einen Kuss auf die Wange.

»Bis morgen«, flüsterte sie.

»Ja, bis morgen.«

Nachdem Marc den Rückweg angetreten hatte, schloss Blake die Wohnungstür.

Am Straßenrand befanden sich nur vereinzelt Laternen, weshalb er den Weg fast in kompletter Dunkelheit zurücklegen musste. Etwa sieben Minuten später steckte er den Schlüssel in das Haustürschloss und drehte ihn nach rechts, bis er ein leises Klicken vernahm. Danach öffnete er leise die Tür. Völlige Dunkelheit und Totenstille im Inneren. Seine Eltern waren also mal wieder nicht zu Hause, was ihn nicht überraschte, denn sie hielten sich oft bei Freunden auf. Er zog seine Schuhe aus, schlüpfte in seine Hausschuhe, die direkt neben der Flurkommode bereitstanden und ging anschließend in die Küche. Dort öffnete er den Kühlschrank, nahm ein Glas aus einem Schrank über dem Cerankochfeld und schenkte sich eine Cola ein. Diese nahm er mit auf sein Zimmer, schaltete dort den Fernseher an und zappte sich durch die Kanäle. Beim *BBC News Channel* stoppte er und sah sich die Nachrichten des Tages an. Danach schaltete er den Fernseher wieder aus und legte sich in sein Bett. Es war ein langer Tag gewesen, und der morgige würde noch länger und vielversprechender werden. *Und noch aufregender.* Er schloss die Augen, entspannte sich und war schon wenige Minuten später eingeschlafen.

7

Die Fahrt verlief extrem eintönig. Die Bäume am Straßenrand, der tiefe Wald... Wilson trat erneut auf das Gaspedal und beschleunigte den Ford auf beachtliche einhundert Meilen; die Umwelt flog nahezu an ihm vorbei. Es war das vorletzte Mal, dass er sich diesen langen Weg antun würde. Wenn er zuhause angekommen war, würde er erst einmal seine Sachen packen und dann zu einer Freundin ziehen. Sie wohnte vom *Desert Market* aus gesehen direkt im Nachbarort, und dann war es für ihn keine so weite Strecke mehr. *Ich könnte vielleicht sogar mit dem Fahrrad... Okay, eher doch nicht.* Dazu war es eindeutig zu heiß momentan. Wilson seufzte leise. Er freute sich jetzt schon auf den Winter, obwohl er genau wusste, dass er sich dann wieder nach dem Sommer sehnen würde. Er war einfach niemals zufrieden. Hitze, und diese auch monatelang? Darauf konnte er nun erst mal verzichten. Und dann kam auch noch dieses Praktikum dazu. Siebzig Meilen musste er durch den Wald fahren, bis er endlich eine Abzweigung erreichen würde. Nach dieser, das wusste er, war es nicht mehr weit, gerade einmal knapp dreizehn Meilen. Von diesen dreiundachtzig hatte Wilson bereits vierzig geschafft. Weitere drei Meilen zogen an ihm vorbei, als er plötzlich etwas Blaues am Straßenrand erblickte, ganz tief im Wald. Er verlangsamte seinen Wagen, bis er erkennen konnte, um was es sich genau handelte. Dort stand doch tatsächlich ein Container, mit der Aufschrift *Ich sehe für Sie in Ihre Zukunft - für nur zehn Dollar!* Wilson wurde neugierig. Er steuerte den Ford in eine Parkbucht, löste den Gurt und öffnete anschließend die Fahrertür. Die Hitze schlug ihm in einem Schwall entgegen, und sofort bildete sich ein Schweißfilm auf seiner Stirn. Er kramte ein benutztes Papiertaschentuch aus seiner Hosentasche hervor und wischte sich damit die Stirn ab. Doch es brachte nichts, bereits nach einer weiteren Minute war seine Stirn erneut von Schweiß überzogen. Es dauerte zwei Minuten, bis er die Vorderseite des Containers erreicht hatte. Hier war ein Schild angebracht, auf dem in fein geschwungener Schrift zwei Worte geschrieben standen: *Bitte klopfen!*. Wilson ballte seine Hand zu einer Faust und klopfte an der Tür. Wenige Sekunden später öffnete sich die Tür bereits und Wilson betrachtete die Person, die vor ihm stand. Es handelte sich um eine Frau, er schätzte sie auf ungefähr siebzig Jahre. Sie hatte weißes Haar und trug einen hellgrauen, fast weißen Rollkragenpullover, eine graue Cordhose, weiße, abgenutzte Schuhe und eine Brille. In der Hand hielt sie einen Gehstock.

»Guten Tag, Mister...?«

»Wilson. Wilson Baines.«

»Mr. Baines. Freut mich, dass Sie den Weg zu meinem Container gefunden haben. Sie wollen also erfahren, was die Zukunft für Sie bereithält? Folgen Sie mir, bitte.«

Wilson folgte ihr durch den dunklen Container hindurch, der nur durch das Licht einer Kerze erhellt wurde. Sämtliche Jalousien waren heruntergelassen, es roch nach altem Staub, und es war extrem stickig darin. Im Wohnbereich angekommen, wies die Frau mit ihrer rechten Hand auf ein durchgesessenes, rotes Sofa.

»Setzen Sie sich doch. Möchten Sie vielleicht etwas trinken? Wasser?«

»Sehr gerne«, antwortete Wilson.

58

Sie verschwand in einem anderen Raum, der vom Sofa aus nicht einsehbar war. Wilson ließ seinen Blick durch den Container schweifen, doch es fiel ihm schwer, in dem spärlichen Licht etwas erkennen zu können. Vor ihm stand ein hellbrauner Holztisch, dahinter ein Sessel, der genau dieselbe Farbe wie das Ledersofa hatte, auf dem er saß. Hinter diesem befand sich eine alte Kommode, auf der ein Bilderrahmen stand. Eine halbe Minute später kam die Frau mit zwei Wassergläsern zurück und stellte eines genau vor ihm ab.

»Vielen Dank«, sagte er, setzte das Glas an die Lippen und trank einen großen Schluck.

Das Wasser war zwar nicht eiskalt, aber dennoch erfrischend im Vergleich zu der draußen herrschenden Hitze.

»Also, erzählen Sie mir doch bitte zuerst ein bisschen über sich, Mr. Baines. Mein Name ist Verena Williams. Ich bin schon seit vielen Jahrzehnten als Kartenlegerin tätig, und man kann sagen, ich verdiene ziemlich gutes Geld damit.«

»Wirklich? Ich hätte nicht gedacht, dass viele Leute den Weg hierher finden. Von der Straße aus ist der Container nur sehr schwer einsehbar.«

»Ich habe mich schon über viele Jahre hier niedergelassen und mir mein kleines Zuhause erbaut. Aber erzählen Sie bitte etwas über sich, damit ich einen groben Überblick über Ihr Leben bekomme«, erwiderte sie ungeduldig.

»Meinen Namen kennen Sie ja bereits. Ich bin fünfundzwanzig Jahre alt und wurde am 17.1.1980 geboren.«

»Haben Sie Familie?«

»Ja. Meine Mutter lebt noch, mein Vater ist allerdings früh verstorben. Ich habe keine Geschwister.«

»Haben Sie Kinder?«

»Nein, ich habe bisher noch nicht die richtige Frau gefunden.«

»Okay.«

Sie erhob sich von dem Ledersessel und streckte ihre Hand aus.

»Ich würde jetzt gerne schon einmal die Bezahlung haben.«

Wilson holte sein Portemonnaie heraus, kramte einen zerknitterten und abgegriffenen zehn Dollar Schein hervor und reichte ihn Verena. Sie steckte ihn sich in die Hintertasche ihrer Cordhose und ging danach zu der alten Kommode. Dort öffnete sie die oberste Schublade und zog eine Papierschachtel heraus. Diese legte sie auf den Tisch, Wilson betrachtete sie eingehend. Es handelte sich um Tarot-Karten. Sie öffnete die Packung, gab ihm die alten Papierkarten, die augenscheinlich schon mehrmals nass geworden waren, und bat ihn, diese zu mischen. Wilson vermengte sie langsam und reichte Verena dann den Stapel zurück. Sie breitete das Blatt umgedreht vor ihm aus, und sagte ihm, er solle eine Karte daraus ziehen. Sie betrachtete diese und schüttelte dann bedächtig den Kopf. Wilson wurde sofort hellhörig.

»Was ist los?«, fragte er verunsichert.

Seine Kehle fühlte sich plötzlich vollkommen ausgetrocknet an, weshalb er erneut zum Wasserglas griff. Nachdem er es in einem Zug geleert hatte, stellte er es wieder ab.

»Es sieht nicht gut für Sie aus«, murmelte Verena.

Sie breitete nun ein neues Blatt vor ihm aus und nach kurzem Zögern zog er eine weitere Karte. Verena legte diese neben die anderen und bat ihn ein letztes Mal, eine Karte aus dem dritten Blatt zu wählen. Als sie das schließlich getan hatte, schüttelte sie erneut den Kopf.

»Das sieht ganz und gar nicht gut für aus für Sie. Sie sollten

vorsichtig sein, denn ein großes Unglück steht Ihnen bevor.«
Wilson senkte seinen Blick. Das war ein Fehler, denn so sah er
nicht, wie Verena sich aus dem Sessel erhob, ein Messer hinter
ihrem Rücken hervorzog und dieses in seine Richtung
schwang.

8

Marc wurde durch das Sonnenlicht geweckt, welches sich seinen Weg durch das geöffnete Fenster gebahnt hatte. In seinem Zimmer war es warm, weshalb er die Bettdecke zurückschlug und einen Blick auf die Uhr warf. Es war fünf nach halb acht, also noch relativ früh. Er setzte sich auf, zog sich ein T-Shirt, eine kurze Hose und Socken über und trat dann aus seinem Zimmer im oberen Flur hinaus. Im gesamten Haus war es still, seine Eltern schliefen also noch, falls sie überhaupt zu Hause waren. Leise schlich er sich in die Küche und bereitete sich dort sein Frühstück zu. Er bestrich eine Scheibe Toast mit Butter und Marmelade und nahm den Teller dann mit auf sein Zimmer. Dort schaltete er den Fernseher an und aß. Er nahm sein Handy, welches ausgeschaltet auf dem Holztisch lag, und schaltete es an. Er hatte keine neue Nachricht, und entschied sich deshalb, Blake eine SMS zu schicken. *Vielleicht guckt sie ja auf ihr Handy*, dachte er. Um zehn Uhr hörte er jemanden die Treppe hochkommen, und wenige Sekunden später wurde seine Zimmertür geöffnet.

»Guten Morgen, Marc«, sagte seine Mutter Julie.

»Morgen, Mom.«

»Ich soll dich schön von deiner Tante grüßen. Wir waren gestern noch lange da.«

»Von Ruth?«

»Ja.«

»Wie geht es ihr denn?«

»Besser als beim letzten Mal. Aber immer noch nicht wirklich gut.«

»Okay«, entgegnete Marc.

»Hoffen wir mal, dass sie es schafft.«

»Wir sind guter Dinge. Aber das kann sich ja auch schnell wieder ändern.«

»Hoffentlich bleibt ihr Zustand so. Heute steigt bei Danny eine Party. Jay, David und Blake sind auch da.«

»Okay. Und wann?«

»Ab neunzehn Uhr, wir würden im Anschluss direkt dort übernachten.«

»Okay. Wir sind heute Abend sowieso auch wieder weg, also kannst du gerne dorthin. Sollen wir dich morgen früh dort abholen?«

»Das braucht ihr nicht. Danny bringt mich nach Hause.«

»Okay.«

Julie verließ das Zimmer und Marc warf einen Blick auf sein Handy. Eine neue Nachricht von David war eingegangen.

Hast du Lust, dich vor dem Desert Valley mit mir zu treffen? Ich muss dringend etwas mit dir besprechen.

Marc schrieb zurück, dass er in zehn Minuten da sein würde, holte sein Fahrrad aus dem Keller und fuhr sofort zum abgemachten Treffpunkt. David erwartete ihn bereits, er saß auf einem Reifen etwas abseits des Restaurants. Das *CLOSED*-Schild prangte weiterhin im Fenster, der Laden hatte also noch immer geschlossen. Marc lehnte sein Fahrrad an die Wand des Restaurants und ging anschließend zu David herüber.

»Guten Morgen«, sagte er.

»Morgen, Marc. Wie geht's dir?«

»Gut und dir?«

»Es geht so. Ich muss dringend etwas mit dir besprechen.«

»Das hattest du bereits geschrieben. Was gibt's denn?«

»Jay hat mir gestern Abend erzählt, was ihr gemacht habt. Ich denke, dass es definitiv die falsche Entscheidung ist.«

»Warum?«

»Das kann doch nicht dein Ernst sein, dass du diesen Typen mitnehmen willst, oder? Er ist in meinen Augen nichts weiter als ein verdammter Alkoholiker, der seine Zeit damit verbringt, den ganzen Tag nur Mist zu labern und den Leuten auf den Sack zu gehen.«

»Nun bleib aber mal auf dem Teppich«, fuhr Marc ihn an.

»Du kennst ihn doch gar nicht richtig.«

»Aber du, oder was?«

»Besser als du zumindest. Er hat Blake seine ganze Lebensgeschichte erzählt, er hatte wirklich oft Pech im Leben, weshalb er eben keinen anderen Weg sah, außer, seine Sorgen und Probleme in Alkohol zu ertränken.«

»Und weshalb willst du ihn jetzt unbedingt mitnehmen?«

Marc wollte gerade etwas erwidern, wurde aber jäh durch das Geräusch einer Hupe unterbrochen. Er drehte sich um. Der Fahrer eines alten, weißen Mitsubishis kurbelte das Fenster herunter. Er sah ziemlich ungepflegt aus und sein verschwitztes, schwarzes Haar klebte ihm am Kopf.

»Jungs, ich habe mal 'ne Frage«, sagte er und nahm seine Sonnenbrille ab.

»Was wollen Sie denn wissen?«, erkundigte sich David.

»Wisst ihr, wo die nächste Tankstelle ist?«

»Klar. In ungefähr neunzehn Meilen gibt es eine Abzweigung, und von dieser aus sind es noch mal etwas mehr als eine Meile, bis Sie die Tankstelle erreichen.«

»Okay, ich danke euch.«

Er kurbelte das Fenster wieder hoch und trat dann auf das Gaspedal. Marc sah ihm hinterher, bis er nach der nächsten Kurve im Wald verschwunden war.

»Blake glaubt - und ich mittlerweile ehrlich gesagt auch - dass Joseph weitaus mehr über das Haus weiß, als er vorgegeben hat. Er macht irgendwie einen mysteriösen Eindruck.«

»Okay«, antwortete David.

»Dennoch zweifele ich an eurer Entscheidung. Ich denke, ihr beide hättet es vorher lieber mit uns absprechen und Jay nicht einfach aus dem Bett holen sollen. Er war gestern Abend noch ziemlich verärgert darüber.«

»Aha«, antwortete Marc nur.

Es interessierte ihn nicht wirklich, was David zu dem Thema zu sagen hatte – für ihn war der Plan bereits beschlossene Sache.

»Ja. Ich denke wirklich, wir hätten das zuerst in Ruhe gemeinsam besprechen sollen.«

»Okay. Wir sehen uns dann nachher, ich muss jetzt erstmal wieder nach Hause«, erwiderte Marc und verabschiedete sich.

Er war sauer auf Davids Reaktion. *Was soll denn das ganze Theater bloß?*, fragte er sich. *Was hat David denn nur für ein Problem?* Ob Joseph nun dabei war oder nicht, war doch vollkommen egal, zumindest seiner Ansicht nach. Was hatten David und Jay nur gegen Joseph? Lag es wirklich nur an dem gestrigen Streit? Marc glaubte es mittlerweile nicht mehr, und er wollte nicht, dass es noch mehr Konflikte gab. Nicht jetzt, nicht, wo sie schon fast am Ziel angelangt waren. Er stand auf, klopfte sich seine Hose ab, stieg auf sein Fahrrad und fuhr ziellos durch die Gegend, bis er sich irgendwann dazu entschied, zu Blake zu fahren. Er wollte, nein, er musste ihr einfach von dem Gespräch mit David erzählen. Da er tief in Gedanken versunken war und immer heftiger in die Pedale trat, verpasste er fast die Kurve, die zu Blakes Wohnhaus führte. Er legte deshalb eine Vollbremsung ein und lenkte nach rechts; unter ihm driftete der Hinterreifen weg, aber er konnte das Gleichgewicht gerade noch so halten. Bedeutend langsamer fuhr er nun zu Blakes Wohnung und betätigte dort den Klingelknopf. Zwei Minuten später öffnete ihm Claire die Tür.

»Guten Morgen«, sagte Marc.

»Ist Blake zu Hause?«

»Nein, die ist nicht da.«

Marc runzelte die Stirn.

»Wo ist sie denn?«

»Keine Ahnung. Ich habe sie heute noch gar nicht gesehen.«

»Okay, danke.«

Marc drehte sich um und wollte gerade gehen.

»Marc?«, fragte Claire.

»Ja?«

»Wenn du sie siehst, sag ihr bitte, dass sie nach Hause kommen soll, okay?«

»Okay, das mache ich.«

Marc stieg wieder auf sein Fahrrad. Er wusste instinktiv, wo Blake war – oder besser gesagt, er konnte es sich zumindest sehr gut vorstellen.

9

Am Morgen danach versuchte ich, meinen Eltern den Vorfall zu schildern. Mein Vater meinte, ich hätte einfach nur schlecht geträumt, und meine Mutter stimmte ihm zu. Ich wusste es natürlich besser, aber sie glaubten mir nicht, also brauchte ich Beweise. Nach dem Frühstück beschlossen wir, einen Ausflug zu machen. Wir fuhren in die dreieinhalb Stunden entfernte Stadt und besuchten dort ein Kunstmuseum. Es war langweilig, zumindest für mich, mein Vater ist allerdings ein Kunstfanatiker, und ich denke, es hat ihm deshalb ganz gut gefallen. Gegen Abend, nachdem wir in der Stadt noch etwas gegessen hatten, erreichten wir schließlich wieder das Haus. Der Wald schaffte den perfekten Hintergrund, alles sah auf diese Art noch viel gruseliger aus. Mein Vater schloss die Haustür auf und ich ging die Treppe hinauf in mein Zimmer. Die alten Stufen ächzten unter meinem Gewicht. Ich hasste dieses Geräusch und verfluchte es. Die Tür zu meinem Zimmer quietschte in den Angeln, als ich sie vorsichtig öffnete, und mir schlug eine Windböe entgegen, als ich den kleinen Raum betrat. Das Fenster war geöffnet, ich konnte mich allerdings nicht daran erinnern, es am Morgen offen gelassen zu haben. Mit einem mulmigen Gefühl im Bauch schloss ich es. Trotz der schwülwarmen Luft fröstelte ich. Anschließend legte ich mich auf mein Bett, doch ich bekam kein Auge zu, denn immer wieder geisterte dieser Vorfall in meinem Kopf herum. Nach langer Zeit schlief ich dann doch wider Erwarten ein. Um zwei Uhr wurde ich allerdings vom Knarren der Treppenstufen geweckt, ein Geräusch, welches ich schon bei Tageslicht verfluchte. In der

Nacht war es natürlich nochmal um einiges schlimmer. Ich schlug die Decke zurück und schwang mich vorsichtig aus meinem Bett. Mit schweißnassen Händen und zitternden Knien öffnete ich die Tür. Obwohl es auf dem Flur dunkel war, sah ich eine Gestalt, wenn auch zunächst nur undeutlich. Doch in diesem Moment hatte ich komischerweise keine Angst, ich habe irgendwie gar nichts gespürt. Ich sah meinen verstorbenen Onkel, er stand direkt vor mir.

»Junge«, sagte er.

»Onkel Nelson?«, fragte ich ungläubig.

Ich hatte meine Zweifel an der ganzen Situation, ich konnte einfach nicht glauben, was ich da gerade vor mir sah.

»Junge«, sagte die Gestalt erneut.

»Bitte. Tu mir einen Gefallen.«

Die Stimme schwoll zu einem leisen Krächzen an.

»Nelson. Was... was kann ich tun?«, fragte ich ängstlich.

»Geh in den Keller.«

»Was für ein Keller?«

Ich wusste nichts von einem Keller hier, und ich kannte mittlerweile jeden Zentimeter dieser kleinen Hütte. Zumindest glaubte ich das.

»Unter den Holzbrettern ist eine Luke.«

»Wo?«

»Du wirst sie schon finden.«

Mit diesem Worten verschwand Nelson. Ich blinzelte mehrmals, doch er war nicht mehr da. Langsam wurde ich neugierig. Was ist in diesem Keller?, fragte ich mich. Ich stieg die Treppenstufen hinunter, woraufhin wieder erklang das bekannte Ächzen erklang. Als ich unten angekommen war, glaubte ich meinen Augen nicht zu trauen. Tatsächlich war dort eine offene Luke, ähnlich einer Falltür zu einem Verlies. Der unterirdische Raum war nicht beleuchtet, und so sah ich ihn nur durch das Mondlicht erhellt, welches durch die schmalen Ritzen in der Jalousie fiel, die das Innere des Hauses vor ungewünschten Beobachtern schützte. Es war nicht viel, aber es reichte aus. Ich tastete mich voran und fand schließlich eine Leiter, die in den Raum hineinführte. Als ich die letzte Stufe erreicht hatte und kurz davor war, den Boden zu betreten, wurde der Raum plötzlich hell. Ich schloss die Augen, überrascht durch die plötzliche Helligkeit, öffnete sie jedoch schon nach wenigen Sekunden wieder, und durchsuchte den Raum. Er war groß, und an den Wänden stand ein Bücherregal, in dem aber nur ein einziges Buch stand. In einer Ecke befand sich ein Tisch, vor dem ein Stuhl postiert war. Meine Neugier trieb mich voran, weshalb ich geradewegs zu dem Bücherregal ging und das dicke Buch herauszog. Es trug den Titel „Devil's Awakening". Große, schnörkelige, handgeschriebene Buchstaben. Es war ein Abenteuer und ich fühlte diesen speziellen Kick, Adrenalin schoss durch meinen Körper und ich war ein paar Sekunden lang nicht fähig, zu atmen. Als ich mich wieder ein wenig beruhigt hatte, schlug ich die erste Seite auf. Diese war lediglich mit „Part 1" beschriftet, in derselben Schrift wie auf dem Cover. Danach folgte eine leere Seite, und dann ein Blatt, auf dem nur ein Satz geschrieben stand. Zwei Wörter, durch ein Komma voneinander getrennt. Dasselbe Wort in doppelter Form.

„Awake, awake."

Erwachet, erwachet

Ich blätterte weiter.

"Devils, Demons and Ghost's - now, it's your time. Awake."

Teufel, Dämonen und Geister - jetzt ist eure Zeit. Erwachet.
Unten stand ein kleiner Satz, geschrieben in Klammern.
Spoke three times.
»Teufel, Dämonen und Geister - jetzt ist eure Zeit. Erwachet.«,
sagte ich mit zittriger Stimme.
»Teufel, Dämonen und Geister - jetzt ist eure Zeit. Erwachet.«
Nun sprach ich den Text schon viel selbstbewusster, und das
letzte Mal platzte es beinahe aus mir heraus - ich konnte es
einfach nicht mehr aushalten.
»Teufel, Dämonen und Geister - jetzt ist eure Zeit. Erwachet.«
Über mir hörte ich ein Poltern, und die Luke fiel zu. Plötzlich
wurde mir bewusst, was geschehen war. Ich hatte gerade
übernatürliche Mächte herbeigerufen.

10

Marc klopfte an die Tür von Josephs Wohnwagen. Aus dem Inneren vernahm er bereits Blakes Stimme, ab und zu sprach auch Joseph ein Wort. Wenige Sekunden später öffnete er die Tür. Er sah schlecht aus, die Ringe unter seinen Augen zeugten davon, dass er in der letzten Nacht nicht allzu viel geschlafen hatte.

»Marc?«, fragte Blake verblüfft im Hintergrund.

»Blake, was machst du hier?«

»Mich mit Joseph unterhalten. Komm ruhig rein.«

Joseph machte ihm den Weg frei und Marc betrat daraufhin das Innere des Wohnwagens. Es sah deutlich ordentlicher aus als noch am Vortag. Er hatte seinen Wohnwagen scheinbar aufgeräumt und entrümpelt, und als Marc seinen Blick schweifen ließ, fiel ihm auf, dass auch vom Alkohol keine Spur mehr zu sehen war. Er ging auf die Sitzecke zu und setzte sich dort direkt neben Blake, während Joseph im hinteren Teil des Wohnwagens verschwand.

»Was machst du denn hier?«, flüsterte er erneut.

»Mich einfach nur mit ihm unterhalten, mehr nicht.«

»Okay«, meinte Marc.

Joseph kam mit einem Glas in der Hand wieder und stellte es vor Marc ab. Es war gefüllt mit Leitungswasser.

»Danke«, murmelte er.

Wortlos setzte sich Joseph ihnen gegenüber. Blake ergriff nun das Wort.

»Joseph hat mir gerade erzählt, dass er den gesamten Alkohol entsorgt hat. Es hat ihn zwar einiges an Überwindung gekostet, aber er hat es geschafft.«

Nun meldete sich Joseph zu Wort.

»Es fiel mir wirklich nicht leicht.«

Er klang heiser und irgendwie abwesend, zudem hielt er seinen Blick die ganze Zeit auf die hölzerne Tischplatte gerichtet.

»Ich habe die gesamte Nacht kaum ein Auge zu bekommen. Es ist glaube ich wegen des Hauses.«

Marc blickte ihn an. Joseph sah nicht zurück.

»Wegen des Hauses?«

»Ja. Irgendwas geht da nicht mit rechten Dingen zu.«

»Woher willst du das denn so genau wissen?«

»Ich kenne Henry schon seit drei Jahren, zumindest sehe ich ihn regelmäßig. Ich habe mich auch oft mit ihm unterhalten, ab und zu mal ein Bier mit ihm getrunken... er sagt zu einhundert Prozent die Wahrheit, glaubt mir.«

»Aber es klingt schon ziemlich eigenartig«, murmelte Marc.

»Klar. Aber wer weiß, ich glaube sonst auch nicht an übernatürliche Mächte. Vielleicht gibt es sowas ja wirklich.«

»Da hast du recht«, meldete sich Blake zu Wort.

»Ich habe schon viel darüber gelesen.«

»Ich habe eine Idee«, entgegnete Joseph plötzlich.

»Und die wäre?«

Joseph antwortete nicht, sondern stand stattdessen auf, öffnete die Tür eines kleinen Schrankes und zog ein großes Brett heraus. Es waren die Buchstaben von A bis Z darauf zu sehen, außerdem die Worte *Ja* und *Nein*. Daneben befand sich ein Zeiger.

»Was ist das?«, fragte Marc verblüfft.

»Das ist ein Ouija Brett.«

»Ein was?«

»Ein Ouija Brett. Du kannst damit mit bereits Verstorbenen kommunizieren«, erklärte ihm Blake.

Marc blickte sie geschockt an.

»Woher kennst du so etwas denn?«

Blake zuckte mit den Schultern.

»Spielt das eine Rolle?«, fragte sie.

»Ja.«

»Okay. Ich kenne es von meinen Großeltern.«

»Dann weißt du auch sicher, wie man damit umgeht«, erwiderte Joseph.

»Klar.«

»Nun gut. Ich denke, wir sollten das Brett zu dem Haus mitnehmen und sehen, ob wir dort irgendwelche Kontakte herstellen können.«

»Das ist eine gute Idee«, stimmte Blake zu.

»Unsinn«, murmelte Marc, aber nur so laut, dass es außer ihm niemand hören konnte.

Er war ganz und gar nicht mehr so überzeugt von dem Vorhaben, und hatte gewissermaßen auch Respekt gegenüber dem mysteriösen Brett.

»Ich packe es nachher einfach in den Kofferraum. Dann können wir es mitnehmen und schauen, ob wir es benutzen.«

»Okay, super.«

»Seid bitte um siebzehn Uhr hier. Ich denke, es ist besser, ein bisschen früher loszufahren.«

»Okay, machen wir«, sagte Blake.

Marc wippte ungeduldig mit dem Fuß auf und ab. Er wollte raus aus dem Wohnwagen, warum, das wusste er selbst nicht so genau. Kurz darauf hielt er es nicht mehr aus. Er erhob sich von dem Polster und sagte:

»Lass uns los, Blake.«

»Okay. Dann bis nachher, Joseph.«

»Ja, bis nachher. Ich freue mich schon.«

Marc glaubte ihm nicht, denn er klang nicht wirklich überzeugt von dem, was er sagte. Er öffnete nun die Tür des Wohnwagens und trat ins Freie hinaus. Die Luft fühlte sich gut an, obwohl es immer noch heiß war, war es wenigstens nicht mehr so stickig wie im Wohnwagen. Marc wartete, bis auch Blake hinaus auf den sandigen Untergrund getreten war und Joseph seine Tür hinter ihnen geschlossen hatte.

»So langsam glaube ich dasselbe wie du.«

Blake blickte ihn an.

»Was meinst du?«

Marc nahm sein Fahrrad und schob es neben Blake her.

»Das mit dem Haus. Joseph *muss* mehr darüber wissen, sonst würde er sich nicht so komisch verhalten.«

»Ja. Mein Eindruck hat sich bei dem Gespräch gerade auch noch verstärkt.«

»Irgendwas ist da definitiv faul, und ich fürchte, wir werden es noch früher herausfinden, als uns lieb ist.«

Hinter sich hörte Marc plötzlich ein lautes Scheppern. Er drehte sich um und sah Joseph, der gerade wieder zu seinem Wohnwagen zurückging. Offensichtlich hatte er wie angekündigt das Brett in den Kofferraum gepackt. Er verschwand wieder im Inneren, und Marc drehte sich erneut zu Blake um.

»Ich muss dir noch etwas erzählen. Den eigentlichen Grund, weshalb ich überhaupt nach dir gesucht habe.«

»Erzähl schon.«

Marc berichtete ihr daraufhin sowohl von der SMS, die er am Morgen von David erhalten hatte, als auch von dem darauffolgenden Treffen und Davids Reaktion.

»Was sagst du dazu?«, fragte er im Anschluss.

»Weißt du was? Ich habe es ehrlich gesagt genauso erwartet, und das macht mich wütend. Lass uns mit den beiden sprechen, und zwar sofort.«

11

Tristan bog mit seinem Mitsubishi nach besagten neunzehn Meilen ab, und zwei weitere Minuten später hatte er die Tankstelle erreicht. Sie passte überhaupt nicht in die karge Wüstenlandschaft hinein, sie wirkte dort irgendwie wie aufgesetzt. Er steuerte auf die Einfahrt des *Road Stop*'s *zu*, öffnete seine Tür und trat dann ins Freie. Schon nach wenigen Sekunden kam er ins Schwitzen, denn es war mal wieder unerträglich heiß. Er öffnete den Tankdeckel, griff nach dem Zapfhahn und betankte sein Auto. Danach sah er sich den Betrag an, der die Anzeige ausfüllte. 30.96 Dollar. Tristan suchte das nötige Kleingeld zusammen, betrat den Tankshop und ließ dort seinen Blick umherschweifen. Keine Warteschlange. Er schritt zur Kasse, nannte der Kassiererin seine Zapfsäulennummer, bezahlte, und wollte den Shop gerade wieder verlassen, als sein Blick etwas erhaschte. *Jack Link*'s Dörrfleisch. Tristan liebte den Geschmack dieses bestimmten Dörrfleisches, trocken, aber trotzdem saftig, und dazu noch dieser würzige Nachgeschmack... Er überlegte nicht lange, nahm sich eine Plastikverpackung aus dem Fach und legte sie ebenfalls auf den Kassentresen. Dazu bestellte er sich noch einen Coffee to go und verließ dann den kleinen Shop wieder. Im Auto angekommen, stellte er den Pappbecher in den Getränkehalter, nachdem er einen kräftigen Schluck genommen hatte. Der Kaffee schmeckte bitter und wässerig, war aber dennoch trinkbar. Tristan öffnete ein Zuckertütchen, entleerte den Inhalt in den Becher, kippte noch etwas Kaffeesahne dazu und nahm erneut einen Schluck. *Schon viel besser*, dachte er. Er öffnete die Tüte mit dem Dörrfleisch, schüttete sich etwas davon auf die Hand und nahm den Inhalt in den Mund. Es war das köstlichste Dörrfleisch auf dem Planeten, dessen war er sich absolut sicher. Bevor er den Schlüssel in das Schloss steckte und den Motor startete, nahm er sich noch ein bisschen auf die Hand und trank danach einen Schluck Kaffee. Die Tüte mit dem Dörrfleisch war jetzt nur noch halb voll, und nach kurzem Zögern entschied sich Tristan, noch eine Tüte zu kaufen. Er stieg wieder aus dem Auto, betrat den kleinen Laden erneut und nahm sich eine weitere Tüte Dörrfleisch, bezahlte die zwei Dollar, während die Verkäuferin ihn nur mit gleichgültigem Blick musterte. Danach ging er wieder zu seinem Auto, setzte rückwärts von der Tankstelle zurück und steuerte die Straße an. Weiter ging es in Richtung Wald. Ab und zu nahm er noch einen Schluck von dem Kaffee, der mit der Zeit aber leider immer kälter und ungenießbarer wurde. Als er den Becher zu einem drei viertel geleert hatte, kurbelte er das Fenster hinunter und schmiss ihn kurzerhand hinaus. Die sofortige Reaktion des Autofahrers hinter ihm, den er bislang gar nicht bemerkt hatte, war ein Schlag auf die Hupe. Abrupt bremste Tristan ab, und der Fahrer des gelben Chryslers hinter ihm wurde ebenfalls langsamer. Tristan blinkte rechts, steuerte auf den Wüstensand und hielt dort an. Der Fahrer hinter ihm tat das Gleiche. Tristan warf einen Blick durch die Windschutzscheibe, und erkannte, dass er es mit einem Mann um die dreißig zu tun hatte. *Etwas älter als ich*, dachte er, bevor sich die Fahrertür öffnete und der Mann aus dem Fahrzeug ausstieg. Er hatte eine Glatze und trug eine Sonnenbrille, und er sah mächtig sauer aus. Tristan zögerte kurz, denn der Mann ging in großen und wütenden Schritten auf sein Auto zu.

»Komm raus, Alter«, knurrte der Glatzkopf nur.

Tristan öffnete langsam die Fahrertür und betrat den sandigen Untergrund. Der Mann, der ihm nun doch etwas älter erschien, musterte ihn und blickte ihm genau in die Augen. Tristan senkte daraufhin seinen Blick, denn er hasste es, zu anderen hinaufblicken zu müssen. Das war allerdings in diesem Fall notwendig, denn der Glatzkopf war in etwa einen Kopf größer als er.

»Was sollte das denn eben, hä? Ich wäre beinahe von der Fahrbahn abgekommen, und das nur wegen deiner dämlichen Aktion. Wegen solcher Leute wie dir passieren ständig so viele Unfälle.«

»Nun ist aber mal gut, ich habe lediglich einen Becher aus dem Fenster geworfen.«

»Ja und?«, fragte der Glatzkopf laut und provozierend.

»Was *ja und*? Es war nur ein Becher, Kollege. *Ein Becher.*«

Tristan spürte, wie die Wut in ihm hochstieg.

»Pass mal gut auf.«

Der Glatzkopf trat noch näher und blieb nun genau vor Tristan stehen. Er konnte dessen Atem spüren, er roch nach Pfefferminz.

»Überleg mal lieber, wie du mit mir sprichst, Junge. Selbst wenn es nur ein Papiertaschentuch gewesen wäre - es interessiert mich nicht. Es geht mir darum, dass du beinahe einen Unfall verursacht hättest, ob das jetzt mit einem Becher, einem Stein oder sonst was war, ist mir scheißegal.«

»Du denkst wohl, du wärst der Boss hier, oder? Aber das glaubst auch nur du. Bleib mal auf dem Teppich, Freundchen.«

»Wie hast du mich gerade genannt? Freundchen?«, fragte der

78

Glatzkopf, laut und provozierend.

»Ja, du hast richtig gehört, *Freundchen*.«

Die Faust des Glatzkopfes schnellte plötzlich hervor und versetzte Tristan einen saftigen Kinnhaken. Er kippte nach hinten, landete auf dem harten Untergrund und stöhnte schmerzerfüllt auf.

»Merk dir eins, Alter. Mit solchen Leuten wie mir solltest du dich nicht anlegen. Du Schwächling ziehst dabei nämlich *immer* den Kürzeren.«

Bevor der Glatzkopf jedoch wieder in seinen Chrysler stieg, versetzte er dem Mitsubishi noch einen ordentlichen Tritt, zückte sein Messer und stach auf die beiden Hinterreifen ein.

»Ich hoffe, du hast genug Ersatzreifen dabei«, war das Letzte, was er sagte, bevor er mit quietschenden Reifen verschwand. Tristan blickte ihm fassungslos hinterher, bis von dem gelben Chrysler nichts mehr zu sehen war. Kurz darauf versuchte er aufzustehen, scheiterte jedoch kläglich. Ein stechender Schmerz aus der Rippengegend und ein metallener Geschmack im Mund hielten ihn zurück. Er hatte sich wohl während des Fallens auf die Zunge gebissen, was dafür sorgte, dass sein Mundraum mit Blut gefüllt war. Er drehte sich vorsichtig zur Seite, hustete und spuckte dann einen Schwall in den Wüstensand. Je länger ihn die Sonne anstrahlte, desto wärmer wurde ihm, und es dauerte nicht lange, bis er wieder zu schwitzen begann. Weit und breit war kein Auto zu sehen, und das Einzige, was ihm nun übrigbleiben würde, war, zu warten. Er versuchte erneut, sich aufzurappeln, mobilisierte all seine Kräfte und schaffte es schließlich. Er ging langsam zu seinem Auto und begutachtete dort den Schaden. Es war zum Glück nur eine leichte Delle von dem Tritt, jedoch war das Profil beider Reifen vollkommen zerstochen und somit absolut unfahrbar. Tristan seufzte auf. Er öffnete die Klappe des Kofferraumes, holte das Reserverad, welches er immer im Kofferraum hatte und das nötige Werkzeug heraus, und begann, eines der Räder abzumontieren. Kein einziges Auto war in den letzten zehn Minuten an ihm vorbeigekommen, weshalb Tristan nur wenig Hoffnung auf Erfolg hatte. *Warum ist mir nur mein Handy letztens heruntergefallen.* Er schüttelte den Kopf. *Ich hätte mir schon längst ein neues besorgen sollen.*

Es dauerte weitere zwanzig Minuten, bis das erste Auto vorbeifuhr, ein dunkelblauer Ford Fiesta. Tristan winkte wie wild mit den Armen, und tatsächlich verlangsamte der Fahrer des Autos sein Tempo und lenkte es auf den Wüstensand. Wenig später öffnete sich die Tür, und ein Mann im Rentenalter trat hinaus.

»Kann ich Ihnen helfen?«, fragte er.

»Ja. Ich hatte eine kleine Auseinandersetzung mit einem anderen Fahrer, der die Flucht ergriffen hat. Er hat mir die Reifen zerstochen und mein Auto malträtiert.«

Tristan zeigte auf die Delle.

»Ich habe mein Reserverad bereits montiert, nur leider fehlt mir zum Weiterfahren noch ein weiteres. Deshalb musste ich warten und hoffen. Haben Sie zufällig ein Rad? Natürlich bezahle ich es Ihnen auch.«

»Ja, ich glaube, ich habe noch eines im Kofferraum. Einen Moment, bitte.«

Der Mann ging zu seinem Auto und öffnete die hintere Klappe, aus der er einen Reifen hervorzog. Tristan lächelte.

»Der müsste passen. Was bekommen Sie dafür?«

Tristan kramte sein Portemonnaie aus seiner Hosentasche hervor und öffnete das Fach mit den Scheinen. Bevor der Unbekannte ihm antworten konnte, zog er einen hundert Dollar Schein hervor und streckte ihm dem Mann entgegen.

»Hier, nehmen Sie das.«

Der Mann sah den Schein überrascht an.

»Das ist doch nicht nötig...«

»Ich bestehe aber darauf.«

»Okay, dann vielen Dank.«

»Ich habe zu danken. Hätten Sie vielleicht noch Zeit für ein Bier? Ich habe einen Laden gesehen, hier ganz in der Nähe. Ich lade Sie auch ein.«

»Das Angebot kann ich natürlich nicht ablehnen.«

»Das freut mich. Dann warten Sie eben, ich montiere nur schnell den Reifen.«

»Ich denke mal, wir können langsam zum *Du* überwechseln. Mein Name ist Gabriel.«

Er streckte ihm die Hand entgegen, Tristan ergriff sie.

»Freut mich. Ich bin Tristan.«

»Okay, Tristan. Ich setze mich schon mal in mein Auto, ich halte es hier draußen in der Hitze nämlich nicht mehr aus.«

Er fächerte sich mit dem Geldschein Luft zu und grinste breit.

»Gut, es dauert auch nicht lange, in ungefähr zehn Minuten können wir los.«

Tristan wandte sich seinem Auto zu und montierte den Reifen ab. Nach etwa sieben Minuten saß er bereits wieder im Inneren des Fahrzeuges und hatte den Schlüssel in das Zündschloss gesteckt. Er drehte ihn nach rechts, bis der Motor ansprang, und fuhr dann auf die Straße. Gabriel folgte ihm, und zehn Minuten später stellte er den Wagen bereits auf dem Parkplatz vom *Road Imbiss* ab. Gabriel parkte sein Auto direkt auf den freien

Parkplatz ihm gegenüber und stieg ebenfalls aus. Kurz darauf betraten sie das Innere des kleinen Restaurants. Tristan setzte sich an den Tresen, Gabriel nahm auf einem Barhocker neben ihm Platz. Er winkte den Kellner herbei, bestellte zwei Bier und für sich einen Burger und eine Portion Pommes.

»Vielen Dank noch einmal, Gabriel. Ohne dich wäre ich ziemlich aufgeschmissen gewesen.«

»Kein Problem, ich habe gerne geholfen.«

»Trotzdem ist das ja keineswegs selbstverständlich.«

Die restlichen paar Minuten unterhielten sie sich über ihre Familien, die Gründe für ihre Durchreise - und über Baseball. Dann wurde die Bestellung auch schon an den Tisch gebracht.

Tristan nahm sein Bierglas und prostete Gabriel damit zu.

»Auf unser Wohl.«

Sie stießen an. Als Tristan seinen Blick durch den überschaubaren Imbiss schweifen ließ, und sah, wer an einem der hinteren Tische Platz genommen hatte, fiel er fast vom Barhocker.

12

Zwanzig Minuten später saßen Blake, Marc und David bereits am Pool, der zu Jays Wohnhaus gehörte. Jay kam ein paar Minuten später, denn er hatte Cocktails für sie alle zubereitet, die er auf einem Tablett vor sich hertrug. Sie setzten sich an den Tisch, an dem Jay die Getränke abgestellt hatte, und Blake ergriff sofort das Wort.

»Was ist denn bloß euer Problem?«, fragte sie direkt und wandte sich dabei an Jay und David.

»Was für ein Problem denn?«, fragte Jay verwirrt.

»Das frage ich euch. Was stört euch denn daran, dass Joseph bei unserem Ausflug mitkommen will? Es ist doch nur zu unserem Vorteil.«

»Was hat das denn bitte für einen Vorteil? Was bringt uns das denn?«

»Er weiß mehr über das Haus, als er uns erzählt hat, dessen bin ich mir sicher.«

»Wie kommst du darauf?«, fragte David skeptisch.

»Es ist offensichtlich.«

»Blake, tu uns bitte einen Gefallen und sprich nicht immer so in Rätseln.«

»Okay.«

Es war augenscheinlich, dass Blake vor Wut kochte. Marc wollte zuerst versuchen, sie zu beruhigen, doch dann überlegte er es sich anders. *Später vielleicht.*

»Was zum Teufel habt ihr gegen Joseph? Ist es immer noch wegen eurer Auseinandersetzung? Oder ist sonst noch etwas vorgefallen, von dem ich wissen sollte?«

Sie blickte Jay durchdringend an. Er konnte ihrem Blick nicht standhalten und starrte deshalb zu Boden.

»Wenn du meinst, dass es das Richtige ist«, murmelte er nur.

»Ich meine es nicht nur.«

Blake hatte sich offenbar wieder etwas beruhigt.

»Ich glaube es, und ich bin fest davon überzeugt.«

»Na gut«, antwortete Jay.

»Aber wenn er auch nur einmal in irgendeiner Weise Streit anfangen sollte, dann trennen wir uns sofort von ihm. Ich habe nämlich keine Lust auf eine erneute Auseinandersetzung«, ergänzte er.

»Ist in Ordnung. Aber dazu wird es nicht kommen, glaub mir.«

»Wenn du meinst.«

Jay wandte sich ab, sagte aber dann:

»Wollen wir uns vielleicht noch etwas im Pool abkühlen? Um fünfzehn Uhr fährt mein Bus zu Danny, bis dahin sind es noch über zwei Stunden. Ich habe auch genug Badesachen für euch alle da.«

Blake blickte ihn verwirrt an.

»Für jeden von euch. Auch für dich«, ergänzte er und grinste.

»Gute Idee«, stimmte Marc zu.

»Ja«, murmelte David nur.

Alle sahen nun Blake an, die errötete.

»Okay, meinetwegen.«

Jay verschwand daraufhin im Inneren des Hauses, und Marc nahm sein Cocktailglas in die Hand. Es war ein Mojito. Er nahm einen großen Schluck, und musste sich eingestehen, dass das Getränk wirklich köstlich schmeckte. Es tat gut, etwas abseits der Sonne im Schatten zu sitzen. Heute war es nicht ganz so heiß wie die letzten Tage, was wohl am mittlerweile aufgekommenem Wind lag. Ein paar Minuten später kehrte Jay mit drei Badehosen, einem Badeanzug und vier Handtüchern wieder, und legte diese auf eine Liege. Seine Badehose hatte er bereits angezogen, und sein braun gebrannter Oberkörper glänzte im Licht der Sonne vor Öl.

»Ihr könnt euch jetzt auch umziehen.«

Er wies mit seinem Zeigefinger auf einen kleinen Geräteschuppen.

»Ladies first.«

Unter den Blicken der anderen verschwand Blake im Inneren des düsteren Holzhauses. Wenige Augenblicke später öffnete sie die Tür und trat wieder hinaus. Marc sah sie mit weit aufgerissenen Augen an. Sie sah verdammt gut aus. Ihr dunkelblondes, langes Haar fiel ihr sanft über die Schultern. Sie lächelte ihn an, woraufhin er den Korbstuhl zurückschob, sich eine Badehose nahm und nun ebenfalls den Weg zum Holzschuppen antrat. Im Vorbeigehen drückte Blake ihm einen Kuss auf die Wange, ehe sie sich an den Beckenrand setzte und ihre Füße vorsichtig in das Wasser tauchte. Marc öffnete die Tür, zog sich um, und betrat bereits zwei Minuten später ebenfalls den Pool. Das Wasser war angenehm kühl, und während Blake weiterhin am Beckenrand die Beine in das Wasser hielt, tauchte er komplett unter. Es brannte ihm in den Augen, aber er hielt sie dennoch geöffnet, durchbrach nach wenigen Sekunden wieder die Wasseroberfläche und schnappte nach Luft.

»Komm rein!«, rief er Blake zu.

»Nee«, rief sie zurück.

»Ist mir zu kalt.«

»Ach quatsch. Du musst nur den ersten Schritt wagen, eine

Minute später ist es überhaupt nicht mehr kalt.«

»Trotzdem finde ich es so angenehmer. In der Sonne ist es so schön warm.«

Marc zuckte mit den Schultern und schwamm zum Beckenrand. Dann kletterte er aus dem Wasser heraus und setzte sich neben Blake.

»Wir müssen aufpassen, dass wir keinen Sonnenbrand kriegen. Ich bin nämlich nicht eingecremt.«

»Ich auch nicht. Lass uns doch einfach noch ein bisschen hier sitzen und dann zu den Liegen unter den Sonnenschirmen gehen. Da sind wir auf jeden Fall sicher.«

Sie zeigte auf die besagten Liegen: rote Sonnenschirme mit einem Marlboro-Logo waren dort aufgespannt, sechs an der Zahl. Zwei Minuten später stand Marc auf, holte zwei der Handtücher von den Korbstühlen und breitete sie auf den Polstern aus. Etwas später kam auch Blake, legte sich auf die Liege neben Marc und schloss die Augen. Marc rutschte mit seiner Liege näher an sie heran und legte einen Arm um sie. Sie öffnete ihre Augen einen kleinen Spalt und lächelte ihn zufrieden an. David und Jay hielten sich währenddessen noch im Pool auf und spielten eine Partie Wasserball. Marc schaute ihnen einen Augenblick lang zu, nahm einen Schluck von seinem mittlerweile warm gewordenen Cocktail, den er auf den Beistelltisch gestellt hatte und entschied sich dann dazu, ebenfalls die Augen zu schließen und sich zu entspannen. Das dumpfe, durch den roten Schirm fallende Sonnenlicht wärmte ihn, und er genoss das Gefühl und den Moment. Nach wenigen Augenblicken öffnete er seine Augen jedoch wieder, erhob sich von der Liege und tauchte erneut in den Pool ein. Er schwamm in großen Zügen zu David und Jay, die sich in einer Ecke aufhielten und sich leise miteinander unterhielten.

»Danny hat mir vorhin noch eine SMS geschickt. Bevor wir um Mitternacht losfahren, grillen wir noch bei ihm. Er hat schon alles eingekauft und lädt uns ein.«

»Super«, erwiderte Marc.

»Ich habe eh nur wenig gefrühstückt.«

»Also, ich fahre wie gesagt mit dem Bus um fünfzehn Uhr los, damit ich etwas früher da bin, als ihr. Ihr startet ja erst um siebzehn Uhr mit Joseph.«

»Genau«, bestätigte Marc.

»Also, wir werden vorher wie gesagt noch grillen, etwas Zeit miteinander verbringen, und dann um Punkt zwölf den Ausflug machen.«

»Grillen?«, rief Blake von der Liege aus.

»Ja. Bei Danny.«

»Super«, meinte sie.

»Ja, ich freue mich auch schon«, sagte Jay.

»Ich bin wirklich gespannt, was es mit dem Haus auf sich hat«, wechselte Marc das Thema.

»Ich mittlerweile auch«, murmelte Jay.

»Na ja«, meinte David.

»Mit übernatürlichen Mächten sollten wir nichts zu tun haben«, ergänzte er und lachte.

Blake hatte mittlerweile ebenfalls den Pool betreten und schwamm zu den Dreien hinüber.

»Was macht dich denn da so sicher?«

»So etwas gibt es einfach nicht. Du kannst mir erzählen, was du willst, ich glaube es trotzdem nicht.«

»Dann wirst du es heute Nacht eben sehen. Wir werden es alle sehen, ganz bestimmt.«

»Unsinn.«

»Ist doch auch egal«, schaltete Marc sich ein.

»Die Diskussion führt doch zu nichts. Wir werden uns wohl einfach überraschen lassen müssen.«

13

Der Glatzkopf mit der Sonnenbrille blickte ihm just in dem Moment genau in die Augen, in dem er sich wieder umdrehen wollte. Hektisch biss Tristan in seinen Burger und wandte bewusst seinen Blick ab. Das Fleisch schmeckte ihm nicht, es war zu zäh, aber er zwang den Burger dennoch in sich hinein. Danach kippte er hastig sein Bier hinunter und wandte sich an Gabriel.

»Entschuldigung, ich muss leider wieder los, ich habe noch einen Termin in der Stadt.«

»Das ist aber sehr schade. Es hat mich sehr gefreut, dich näher kennenzulernen.«

Er streckte ihm seine Hand entgegen und Tristan ergriff sie, ohne zu zögern. Danach kramte Gabriel eine Visitenkarte hervor und streckte sie Tristan entgegen.

»Da stehen meine Adresse und meine Telefonnummer drauf. Wenn du Lust hast, können wir uns ja irgendwann noch mal treffen. Ich wohne nämlich hier ganz in der Nähe.«

»Klingt gut, ich werde mich bestimmt bei dir melden. Auf Wiedersehen.«

Mit diesen Worten verabschiedeten sie sich voneinander. Tristan stieg in seinen Mitsubishi, steckte den Schlüssel in das Zündschloss und startete den Motor. Etwa zwanzig Sekunden darauf fuhr Tristan bereits wieder in Richtung Wald. Wenige Meilen später musste er rechts abbiegen, um wieder auf den ursprünglichen Weg zurückzukommen. Er atmete tief durch.

Was für ein aufregender Tag bisher. Er nahm sich die Packung mit dem Trockenfleisch, die von der Sonne bereits ziemlich aufgewärmt war, und öffnete diese. Während er mit einer Hand das Lenkrad benutzte, griff er mit der anderen immer wieder in die Tüte und steckte sich den Inhalt nach und nach in den Mund. Das Fleisch schmeckte warm, aber der Geschmack war nicht verloren gegangen. *Zum Glück*, dachte Tristan. Er griff erneut in die Tüte, förderte den restlichen Inhalt zutage und lehnte sich im Autositz zurück, als er sich den Rest in den Mund gestopft, gekaut und heruntergeschluckt hatte. Er fühlte sich plötzlich unglaublich müde, und die Strapazen des Tages zeigten sich wieder. Zudem schmerzte sein Kiefer. Dennoch hielt Tristan die Augen geöffnet und fuhr weiter durch den Wald. Etwa neunzehn Meilen später hatte er eine Parkbucht erreicht. Er entschied sich kurzerhand dazu abzubiegen, schaltete den Motor aus, lehnte sich zurück und schloss die Augen. Bevor er in einen tiefen Schlaf fiel, sah er einen dunklen Fleck im Wald.

Jenson beobachtete Tristan ganz genau. Er war überrascht, ihn hier zu sehen, er war sich sicher gewesen, dass Tristan nach dieser Aktion das Weite suchen würde. *Umso besser, dass er es nicht getan hat*, dachte er. Jenson zückte sein Handy und tippte die Nummer von Riley ein.
»Bingham.«
»Riley«, sagte Jenson in den Hörer.
»Jenson?«
Riley verbarg seine Überraschung nicht. Kein Wunder, sie hatten sich ja auch schließlich lange Zeit nicht mehr gesehen.
»Ja, ich bin es. Pass auf, ich habe einen Auftrag für dich.«
»Erzähl.«
»Ich hatte vorhin Streit mit so einem Mitsubishi-Fahrer. Du

musst ihn beseitigen, denn ich habe keine Lust auf Ärger mit den Bullen.«

»Okay«, sagte Riley seufzend.

»Ich bin bereit, gib mir die Infos durch.«

»Super. Also, es war ein weißer Mitsubishi, auf dem Weg in den Wald. Du kannst ihn noch kriegen, solltest dich aber beeilen.«

»Ich gebe mein Bestes.«

»Gut. Danke.«

Ohne eine weitere Antwort abzuwarten, legte Jenson auf und lehnte sich zurück. *Scheiße, warum?*, fragte er sich. *Muss das schon wieder losgehen?* Er wollte das nicht mehr, er hatte doch eigentlich mit seiner Vergangenheit abgeschlossen. Seufzend lehnte er sich zurück und nahm einen erneuten Schluck von seinem Bier. Was damals im Hotel des nahe gelegenen *California Parcs* passiert war, war für ihn einfach zu viel gewesen. Nach diesen Ereignissen hatte er sich eine neue Identität verschafft - und noch dazu ein neues Leben. Bis heute waren sie alle unentdeckt geblieben, die Ermittlungen der Polizei waren doch tatsächlich jahrelang ins Leere verlaufen. Er hatte es nicht gewollt, er war zu der Zeit mehr oder weniger da mit hineingezogen worden. Riley war zu einem Auftragskiller geworden, während Jenson sich geschworen hatte, nie wieder jemanden umzubringen. Er war bis heute auch nicht rückfällig geworden. Warum hatte nun ausgerechnet dieser Typ kommen müssen? Er hatte definitiv ein Aggressionsproblem, das wusste er, seine Therapiestunden schlugen einfach nicht an, und das brachte ihn langsam zur Verzweiflung. Aber er wurde auch oft sentimental, und es hatte sogar eine Zeit gegeben, in der er nicht mehr hatte leben wollen. Er hatte diese Ereignisse von damals einfach nicht richtig verarbeiten können, genauso wie auch jetzt. Niemand konnte ihm helfen, es war alles zu spät. Er hatte sich selbst hintergangen und würde nun den letzten Schritt gehen. Er zückte seine *Heckler & Koch*, die er stets bei sich trug, presste sich das kalte Ende des Laufes gegen die Stirn - und betätigte den Abzug.

Gabriel betrachtete den Bierkrug in seinen Händen, er war schon halb geleert. *Schade, dass Tristan schon weg ist. Hätte bestimmt ein netter Tag werden können.* Er seufzte, setzte den Krug an seine Lippen und trank einen Schluck, aber ein Großteil der Kohlensäure hatte sich bereits verflüchtigt, weshalb er den Kellner heranwinkte und sich ein neues Bier bestellte. Plötzlich bemerkte er eine Bewegung in seinem Augenwinkel, woraufhin kurz darauf ein markerschütternder Knall erfolgte. Er drehte sich ruckartig um, und erblickte etwas Schreckliches. Über einem Tisch im hinteren Teil waren Blut und Gehirnmasse verteilt, in einer herunterhängenden Hand entdeckte er eine Pistole. Gabriel wandte seinen Blick schnell wieder ab, der Kellner hatte bereits ein Handy am Ohr, augenscheinlich hatte er die 911 gewählt, was aber garantiert nicht mehr viel bringen würde. Der Kerl war ganz offensichtlich tot, er hatte sich selbst erschossen. *Was war der Grund dafür gewesen?*, war das Erste, was Gabriel in den Sinn kam. Alle Menschen waren nun in Aufruhr und der Geräuschpegel hatte sich deutlich gesteigert. Gabriel konnte sich nicht rühren, denn er war zu sehr geschockt von dem, was er gesehen hatte. Er wusste nicht, was er jetzt tun sollte. Sollte er den Imbiss verlassen? *Ja, und dann so schnell wie möglich nach Hause.* Er ließ das neue, fast vollständig gefüllte Bier stehen, legte einen zusammengefalteten zehn Dollar schein auf die Theke und verließ hastig den Imbiss, indem es mittlerweile nach kaltem Zigarettenrauch roch. *Und nach... Blut.* Er öffnete die Tür seines Fords und fuhr in Richtung Wald davon.

Tristan öffnete die Augen, und das Erste, was er sah, war ein Container. Ein dunkler Container, auf dem in großen Buchstaben ein Slogan prangte. *Ich sehe für Sie in Ihre Zukunft - für nur zehn Dollar!* Tristan öffnete die Autotür. Ein plötzlich aufgekommener Windstoß wehte die leere Plastikverpackung des Trockenfleisches auf die Straße, doch es kümmerte ihn nicht, er ließ sie achtlos liegen und ging immer weiter auf den Container zu. Mit jedem Schritt wurde er neugieriger, und als er schließlich an dem blauen Container angelangt war, ballte er die Hand zu einer Faust und klopfte an die Metalltür, die ins Innere führte.

Riley hatte ihn genau im Visier. Jenson war nicht mehr zu erreichen, aber der Auftrag stand natürlich weiterhin. Er konnte und wollte ihn nicht abbrechen, zumal er von seinem besten und einzigen Freund, Jenson, gekommen war. Durch die geöffnete Scheibe zielte er sorgfältig und wartete. Sekunden vergingen, sie fühlten sich an wie Stunden. Einen Fehlschuss konnte er sich nicht erlauben, das wusste er. Er hatte nur diese eine Chance.

Die Tür öffnete sich nur wenig später und eine alte Frau stand vor Tristan. Sie bat ihn herein und wies auf ein durchgesessenes Sofa.
»Sie wollen also, dass ich für Sie in Ihre Zukunft schaue? Mein Name ist Verena Williams, und wie lautet Ihrer?«
»Ja, das möchte ich. Ich heiße Tristan Jackson.«

Tristan streckte ihr seine Hand entgegen, die sie sofort ergriff.
»Möchten Sie vielleicht etwas trinken?«, fragte Verena
»Ja, ein Wasser, bitte.«
Verena verschwand im angrenzenden Raum; Tristan vermutete, dass es die Küche war. Er fühlte sich irgendwie unwohl in
dem Container. *Liegt es vielleicht an der stickigen Luft?*, fragte er sich. Das könnte natürlich sein, war aber doch eher un-
wahrscheinlich. Tristan erhob sich leise von dem Sofa. *Oder
liegt es an ihr?* Seine Hand ging zu dem kühlen Griff eines
Holzschrankes direkt neben ihm. Aus purer Neugier öffnete er
die rechte Tür… und erstarrte bei dem Anblick, der sich ihm
nun bot.

Scheiße. Scheiße! Das durfte einfach nicht passieren. Die
Zielperson, der Mitsubishi-Fahrer, war auf einmal in diesem
Container verschwunden. *Nein!* Fassungslos öffnete Riley die
Autotür und begab sich ins Freie. Der Asphalt glühte förmlich,
das spürte er sogar durch die Sohlen seiner Schuhe. So schnell
er konnte, schritt er zu dem Container, zögerte kurz und klopfte dann mit dem Ende des Gewehrlaufs gegen die Tür.

Ich muss sofort hier raus! Tristan schloss die Schranktür und
wandte sich zum Gehen.
»Mr. Jackson? Wo wollen Sie denn auf einmal hin?«, fragte
Verena, die wieder ins Zimmer gekommen war.
Tristan antwortete nicht, natürlich nicht. Plötzlich hörte er ein
lautes Klopfen an der Tür. Nahte da vielleicht Hilfe? Er eilte
zur Tür und öffnete sie.

Schnelle Schritte. Ein gutes Zeichen. Riley hielt das Gewehr auf die noch geschlossene Tür gerichtet, seine Finger verkrampften sich bereits um den Abzug. Dann wurde die Tür geöffnet - und Riley feuerte augenblicklich eine Kugel ab.

Das Geschoss schlug genau zwischen Tristans Augen ein und hinterließ eine klaffende Wunde. Mit einem leeren Blick im Gesicht verlor der tote Mann das Gleichgewicht und kippte nach hinten.

»Was zum Teufel?«, fragte Verena, die von dem Lärm natürlich auch mitbekommen hatte.

Riley konnte nicht glauben, was er da sah – oder besser gesagt, wen.

»Du?«, war das Letzte, was er fragte, bevor Verena ihm mit voller Kraft ein Messer in den Hals stieß.

14

Sie verbrachten die restliche Zeit, mehr oder weniger angespannt, am und im Pool. Es wirkte so, als schien jeder seine eigenen Methoden zu haben, mit der bevorstehenden Situation umgehen zu können. Eine Stunde später löste sich die Gruppe schließlich auf. Marc fuhr mit seinem Fahrrad zu sich nach Hause und bereitete sich dort langsam auf den Abend vor. Er war aufgeregt, das konnte er nicht verbergen, nicht einmal vor sich selbst. In seinem Zimmer setzte er sich auf sein Bett und wartete. Die Zeit wollte einfach nicht schneller vergehen, trotzdem war es irgendwann fünfzehn Uhr. *Jay sitzt also jetzt im Bus.* Marc stellte sich daraufhin seinen Wecker auf sechzehn Uhr dreißig, er wollte noch duschen, bevor es losgehen würde. *Das sollte ja reichen*, dachte er. Da ihn die Müdigkeit in den letzten Minuten überraschenderweise überwältigt hatte, beschloss er nun, sich noch etwas auszuruhen. Er legte sich auf sein Bett, schloss die Augen, und war bereits wenige Minuten später eingeschlafen.

Zunächst herrschte nur Finsternis um ihn herum, die an einigen Stellen durch hereinfallendes Mondlicht aufgehalten wurde. Auf dem Boden war das leise Knistern der Blätter zu hören - Vorboten des nahenden Herbsts. Als er seinen Blick hob, sah er das Haus. Es war größer, als er es sich vorgestellt hatte. Unheimlich sah es dort aus, mitten im Schatten einer mächtigen Kiefer. Mit zitternden Knien wagte er sich näher an die Haustür heran, die anderen folgten ihm, denn er hatte mittlerweile die Führung übernommen. Am Eingang angekommen, öffnete er ohne nachzudenken die Holztür. Sie quietschte leise in den Angeln und ließ sich nur sehr schwer aufschieben, es dauerte etwas, bis sie den Gang, der ins Innere des Hauses führte, freigab. Dort war es zumindest auf den ersten Blick dunkel, bis jedoch ein kleines, rotes Licht aufschimmerte. Plötzlich wurde alles schwarz um sie herum. Das Letzte, was Marc sah, bevor er schweißgebadet und schreiend aufwachte, war das Gesicht eines Dämons.

Sein Herz klopfte und es schien ihm fast aus der Brust herauszuspringen. Bewusst leise gleichmäßig atmend richtete Marc seinen Blick zur Decke. *Was war das?*, fragte er sich verwirrt. *War das das Haus?* Es musste einfach so sein. Was hatte das Ganze bloß zu bedeuten? Hatte er etwa eine Vision gehabt? Oder war es bloß ein Albtraum gewesen? Er konnte es sich nicht erklären, weshalb er versuchte, sich wieder in sein Bett zu legen. Dann schlug er aber doch die Decke wieder zurück, es wäre zwecklos, und außerdem wollte und konnte er jetzt nicht mehr einschlafen. Im Übrigen war es mittlerweile sowieso schon sechzehn Uhr. *Ich habe also noch genug Zeit... nur für was?* Er wusste es nicht. Marc betrat das Badezimmer, kramte ein weißes Handtuch aus dem Schrank hervor, legte seine Klamotten ab und begab sich unter die Dusche. Er stellte das Wasser so kalt es ging ein und atmete mehrmals erleichtert ein und aus. Danach fühlte er sich wesentlich besser, die Gedanken an seinen Albtraum waren bereits wieder verschwunden. Er zog nun ein schwarzes T-Shirt und eine kurze Hose über. *Wird nachts ja wohl kaum kälter werden*, dachte er. Nachts war es draußen momentan eher angenehm, sehr angenehm sogar. Der wochenlangen Hitze zu entfliehen, wenn auch nur nachts, war enorm wichtig, und Marc liebte es. Manchmal schlich er sich tief in der Nacht hinaus, nur, um sich etwas Abkühlung zu verschaffen. Er genoss diese Momente sehr, denn dann hatte er endlich Zeit, nachzudenken – über verschiedenste Dinge. Nachdem er sich seine Klamotten angezogen hatte, schenkte er sich ein Glas Cola ein und betrat anschließend den kleinen Balkon, der zu der Wohnung gehörte. Die Luft war mittlerweile sehr angenehm, denn es hatte sich bereits abgekühlt und der Wind war schon etwas stärker geworden. Marc setzte sich auf den Liegestuhl, lehnte sich zurück und klappte sein Buch auf. Nach fünf Minuten gab er es allerdings auf, er konnte sich einfach nicht auf den Inhalt konzentrieren, weil er zu aufgeregt war. Stattdessen wartete er und genoss die Sonnenstrahlen auf seiner Haut. Um Viertel vor fünf betrat er das Innere der Wohnung, nahm sich seinen Haustürschlüssel vom Schlüsselbrett im Flur und trat hinaus ins Treppenhaus. Als er die Haustür schon fast erreicht hatte, kehrte er wieder um, da er seine Armbanduhr vergessen hatte und diese unbedingt mitnehmen wollte. Weitere fünf Minuten vergingen, bis er den warmen Asphalt erneut betrat, und wenig später klopfte er bereits an die Tür von Josephs Wohnwagen. Marc musste nicht lange warten, bis sie geöffnet wurde. Blake saß bereits im Inneren, während von David noch jede Spur fehlte. Joseph wies auf den Sitzplatz neben Blake und Marc setzte sich kommentarlos ihnen gegenüber hin. Er warf einen Blick auf seine Armbanduhr, es war bereits zwei Minuten vor fünf.

»Fehlt nur noch David«, meinte Joseph.

»Genau«, stimmte ihm Blake zu.

»Dürfte nicht mehr lange dauern.«

Sie warteten. Es vergingen fünf Minuten, dann zehn. Weiterhin war nichts von David zu sehen. Um 17:13 Uhr stand Marc schließlich auf und sagte:

»Ich glaube, ich sollte ihn mal anrufen.«

Er öffnete ohne eine Antwort abzuwarten die Wohnwagentür und trat hinaus ins Freie. Dann wählte er Davids Nummer. Nach dem fünften Klingeln hob jemand ab.

»David Long?«

»David. Wo bleibst du denn? Der abgemachte Zeitpunkt war siebzehn Uhr und jetzt ist es bereits Viertel nach.«

»Oh.«

Am anderen Ende war plötzlich ein Poltern zu hören. Es hörte sich an wie ein Glas, das auf Holz fiel.

»Mist.«

»David? Alles in Ordnung bei dir?«

»Ja, ich bin gleich bei euch.«

Abrupt legte er auf. Marc war verwirrt. *Was ist denn da los?*, fragte er sich. Warum war David so hektisch? Marc konnte sich keinen Reim darauf machen. Er beschloss, ihn einfach später zu fragen, wenn er da war. Er öffnete wieder die Wohnwagentür und trat unter den Blicken von Blake und Joseph wieder ein.

»Und?«, fragte Joseph.

»Er kommt gleich.«

Fünf Minuten später klopfte es dann tatsächlich an der Tür, und David betrat den Wohnwagen. Er sah schlecht aus und machte wie schon am Telefon einen abgehetzten Eindruck.

»David«, sagte Blake besorgt.

»Alles klar bei dir?«

»Ja, alles gut. Wieso?«

»Du siehst nicht so gesund aus.«

»Hm. Dann lasst uns jetzt mal sofort losfahren. Ich habe schon ziemlichen Hunger.«

Irgendwie klang das, was er sagte, nicht so, als würde er es auch so meinen. Dennoch meldete sich praktisch auf Kommando hin nun auch Marcs Magen mit einem heftigen Knurren.

»Ich auch«, murmelte er.

Sie verließen den Wohnwagen, Joseph schloss ihn ab. Dann gingen sie zu seinem Dodge. Blake öffnete ohne zu zögern die Beifahrertür und setzte sich auf den Sitz, Marc und David nahmen auf der hinteren Sitzbank Platz. Joseph startete nun den Motor und steuerte den Wagen auf die Straße. Marc fühlte sich bereit; es konnte endlich losgehen. Während Joseph langsam auf den von Schlaglöchern gesäumten Asphalt zusteuerte, beugte Marc sich zu David hinüber.

»Was ist denn los mit dir?«, flüsterte er.

»Du kannst mir doch nicht sagen, dass alles in Ordnung ist.«

»Spielt das denn eine Rolle?«, fragte David, sichtbar genervt.

»Ja. Ich möchte wissen, was los ist.«

»Na gut«, murmelte David.

»Ich hatte eine Vision.«

Marc sah ihn aus großen Augen an.

»Echt? Ich auch, es könnte aber auch nur ein Albtraum gewesen sein. Was hast du gesehen?«

»Meine Vision spielte in dem Haus. Ich habe Joseph gesehen. Und… er hat uns alle umgebracht.«

15 *Vor zehn Jahren...*

Wie immer machte sie ihren Job, leben konnte sie davon aber nicht. Verena öffnete die Tür ihres Ford Ranchero und trat ins Freie. Es war ein sonniger, aber nicht allzu warmer Tag Mitte August. Vom Mitarbeiterparkplatz hinter dem Hotel aus war es nicht weit, bis sie durch den Haupteingang die Lobby betreten konnte. Diese war prunkvoll eingerichtet, doch der Stil sagte ihr irgendwie nicht zu. Es war ihr aber letztlich auch egal, denn sie arbeitete nun bereits seit sieben Jahren als Kartenlegerin hier in diesem Hotel - und das, obwohl die Bezahlung nicht gerade spitzenmäßig war. Viele ihrer Kunden waren einfach nur neugierig, wollten unbedingt in ihre eigene Zukunft sehen - andere waren eher ängstlich, und Verena konnte beides nachvollziehen. Ihr Job bot also mehr als genug Abwechslung. Als sie am Rezeptionstresen vorbeiging, wechselte sie einen kurzen Blick mit Clark, der wie nahezu jeden Tag seinen Platz hinter dem Tresen einnahm.

»Guten Morgen, Verena«, sagte er und blickte von seinem Computer hoch.

»Morgen, Clark.«

Ohne ein weiteres Wort mit ihm zu wechseln betrat sie ihren Raum, der am Ende eines L-förmigen Korridors lag. Sie legte ihre Tasche auf den Tisch und zog sich den Stuhl zurück. Im Vorbeigehen warf sie noch einen Blick auf ihren Terminplaner. Fünf Termine standen heute an, der erste in etwa einer halben Stunde. Ein alleinstehender junger Mann, der erst vor einem Tag angereist war. Riley Bingham. Verena ließ sich den Namen kurz durch den Kopf gehen. *Riley Bingham.* Sie ließ ihren Blick durch den Raum schweifen. Die Yucca-Palme in der Ecke brauchte dringend Wasser, sie sah schon ziemlich vertrocknet aus. Verena öffnete kurzerhand den Hahn, füllte die Gießkanne, die sie neben den Topf auf dem Boden abgestellt hatte und schüttete ordentlich Wasser hinein. Danach setzte sie sich wieder auf den Stuhl und schenkte sich ein Glas Mineralwasser ein. Es schmeckte ihr nicht, denn ein Großteil der Kohlensäure hatte sich aus der geöffneten Flasche bereits verflüchtigt, weshalb sie den Rest in das Spülbecken kippte und eine neue Flasche in den Kühlschrank stellte. Danach wartete sie. Fünfundzwanzig Minuten später, genau pünktlich, erschien Riley Bingham. Verena musterte ihn genau. Er war ungefähr Mitte zwanzig, trug eine silberne Kette um den Hals und eine Sonnenbrille auf der Nase. Außerdem hatte er kurzes, schwarzes Haar, einen Bart und einen dunklen Teint.

»Mr. Bingham. Setzen Sie sich doch bitte.«

Verena zeigte auf einen Stuhl, der direkt vor dem Tisch stand und Riley nahm wortlos seinen Platz ein.

»Sie sind also hier, damit ich in Ihre Zukunft sehe.«

»Genau«, murmelte Riley.

Dies waren die ersten Worte, die er sprach. Seine Stimme klang dunkel, tief und irgendwie aufgesetzt. Sie passte so gar nicht zu seinem Erscheinungsbild, und Verena fühlte sich seltsam unwohl in seiner Gegenwart. Sie wollte die Sitzung nun möglichst schnell hinter sich bringen, kramte die Tarotkarten aus der Packung hervor und mischte sie. Danach breitete sie das offene Blatt vor ihm aus.

»Ziehen Sie bitte nacheinander drei Karten.«

Riley überlegte nicht lange und wählte drei Karten aus. Verena sah sich die Auswahl an und hob dann eine Augenbraue.

»Da wäre einmal das Schwert. Leid, ein schlechtes Vorzeichen. Dann... der eiserne Drache. Bedeutet in etwa so viel wie *Die Sense*. Eine große Gefahr steht Ihnen bevor. Und zu guter Letzt...«

Verena zögerte und studierte aufmerksam Rileys Reaktion. Doch da war nichts, seine Gesichtszüge veränderten sich kein bisschen. Dieser Mensch war für sie ein vollkommen unbeschriebenes Blatt.

»Dann liegt da noch der Feuerstab. Er weist auf Verlust hin.«

»Also sieht es alles in allem nicht so gut aus«, murmelte Riley.

»Ja. Seien Sie also fortan auf der Hut, es könnte lebenswichtig für Sie sein.«

»Okay. Danke für den Hinweis.«

Riley kramte unsicher sein Portemonnaie hervor und legte einen zehn Dollar Schein auf den Tisch.

»Für Sie. Sehen Sie es als Trinkgeld.«

»Vielen Dank.«

Riley schob den Stuhl zurück und verabschiedete sich. Verena öffnete nun das kleine Fenster, zog eine *Camel* hervor und zündete sich diese an. *Was hatte dieses Blatt zu bedeuten?* Es bereitete ihr Kopfzerbrechen. So viel Leid, so viel Pech, so viel Unglück... Sie konnte sich keinen Reim darauf machen. Da der nächste Termin erst in zwei Stunden anstand, verließ Verena den Raum und ging durch die Hotellobby zu dem Fahrstuhl, der in die Etage mit ihrem Zimmer führte. Siebter Stock. Sie schlief nur am Wochenende im Hotel, da sie unter der Woche nicht arbeiten musste. Ihre Arbeitszeit begann erst am Freitagmorgen und endete am Sonntagabend, am Meisten war natürlich an den Samstagen los. Sie kramte nun ihren Zimmerschlüssel aus der Hosentasche hervor, steckte ihn in das Schloss und öffnete die Tür. Im Inneren des Zimmers angekommen legte sie ihre Handtasche auf die Couch neben das Fernsehgerät. Sie setzte sich auf das Bett und schloss die Augen. Fast zwei Stunden noch, viel Zeit also. Nach kurzem Zögern entschied Verena sich dazu, den Hotelpool aufzusuchen, allerdings den Indoor-Pool. *Danach könnte ich noch die Sauna besuchen, und dann in anderthalb Stunden wieder zurück sein...* Es würde von der Zeit her passen. Verena zog die unterste Schublade der Kommode, die direkt neben der Couch stand, auf, und holte ihren Badeanzug hervor. Danach nahm sie noch eines der weißen Hotelhandtücher aus dem Badezimmer mit, verließ das Zimmer und ging in Richtung Sauna. Bevor sie jedoch die Treppe erreicht hatte, die ins Untergeschoss und somit zur Sauna führte, machte sie erst noch einen Abstecher zur Hotelbar. Der Barkeeper, Drake, sah sie schon von Weitem und hatte ein breites Grinsen auf dem Gesicht.

»Verena!«

»Drake. Bereitest du mir bitte einen Scotch zu?«

Drake hob eine Augenbraue.

»Wirklich? Ich dachte, du musst noch arbeiten.«

»Ja, muss ich auch noch. Aber ich brauche jetzt etwas Hartes.«

»Okay. Moment.«

Drake wandte sich ab, öffnete die Kühltruhe, schüttete zwei Eiswürfel in ein Glas und goss dann den Whiskey darüber. Verena nahm ihm das Glas ab, setzte es an die Lippen und kippte den Inhalt mit einem Schluck hinunter. Ein Schauer lief ihr den Rücken hinunter, und der Whiskey hinterließ ein angenehm warmes Gefühl in ihrem Bauch. Sie fühlte sich direkt besser, bedankte sich bei Drake, legte einen fünf Dollar Schein auf den Tresen, schob den Barhocker, auf dem sie bis eben

Platz gesessen hatte, zurück und stand auf. Dann verließ sie den Barbereich. Sie ging die Treppe hinunter, die in das Untergeschoss führte, und betrat die kleine Schwimmhalle. Dort breitete sie ihr Handtuch auf einem roten Liegestuhl aus und ging auf die Sauna zu. Zehn Minuten später zog sie im kalten Wasser ein paar Bahnen und wiederholte diesen Vorgang noch zwei weitere Male. Danach duschte sie, zog auf ihrem Zimmer ihre Arbeitskleidung an und fuhr mit dem Aufzug erneut in Richtung Erdgeschoss. In einer Viertelstunde stand nämlich ihr nächster Termin an, eine gewisse Taylor Martinez wollte ihre Dienste in Anspruch nehmen.

16

Zunächst war Marc unfähig, die Bedeutung der Worte zu erfassen. Einerseits konnte es nur ein Albtraum gewesen sein, aber was, wenn David tatsächlich so etwas wie eine Vision gehabt hatte? Marc sah David direkt an, doch dieser nahm keinen Blickkontakt auf, sondern hielt seine Augen in die Ferne gerichtet.

»Gestern fing das alles an. Gestern Morgen, genauer gesagt. Der erste Traum bestand nur aus einzelnen Puzzleteilen, aber schon da war mir klar, dass es um Joseph ging. Nur um was genau, das konnte ich nicht sagen. Deshalb wollte ich auch nicht, dass er mitkommt.«

David sprach nun so leise, dass Marc Mühe hatte, ihn überhaupt zu verstehen. Für Blake und Joseph war es unmöglich, auch nur Fetzen des Gesprächs wahrzunehmen, da zum einen im vorderen Teil des Autos das Radio lief, und es zum anderen ein relativ kaputter Asphalt war, über den der Dodge holperte.

»Und dann das heute... du bist der Erste, dem ich davon erzähle. In der Vision sind wir an dem Haus angekommen, und als wir im Inneren waren, sah ich nur noch Joseph. Er war nicht mehr er selbst, er war der Teufel höchstpersönlich. Es war, als ob ein Dämon von seinem Körper Besitz ergriffen hätte. Jedenfalls endete meine Vision damit, dass er uns alle nacheinander mit einem großen Küchenmesser regelrecht abgeschlachtet hat.«

»Das ist ja grausam«, murmelte Marc.

Ihm fiel leider nichts Passenderes ein, erst, nachdem er diese Bemerkung gemacht hatte, wurde ihm klar, wie dumm sie eigentlich klang.

»Ich weiß auch nicht, was das alles zu bedeuten hatte, aber ich glaube, dass es eine Vision war.«

Plötzlich drehte sich Blake zu ihnen um.

»Du hattest eine Vision? Erzähl mir mehr davon.«

»Später«, murmelte David.

Marc lehnte sich nun auf der Rückbank zurück und versuchte, sich Davids Worte noch einmal durch den Kopf gehen zu lassen. Es fiel ihm schwer, einen Sinn daraus zu ziehen und die Bedeutung zu erfassen. Der Dodge holperte jedes Mal, wenn Joseph ungewollt durch ein Schlagloch fuhr, und auszuweichen war da fast unmöglich, weil an einigen Stellen der gesamte Asphalt praktisch mit Schlaglöchern gesäumt war. Den Rest der Fahrt legten sie schweigend zurück, und zwei Stunden später stellte Joseph bereits den Dodge auf dem Parkplatz vor Dannys Wohnhaus ab. Marc öffnete sofort die Tür und stieg aus. Es war zwar noch warm, aber nicht mehr so heiß. Er ging zur Tür, wartete dort auf Joseph, Blake und David und drückte dann den Klingelknopf. Es dauerte etwas weniger als eine Minute, bis Danny die Tür öffnete. Schon von hier war aus dem hinteren Teil des Mietshauses laute Musik zu hören.

»Kommt doch rein, Leute. Wir sitzen alle draußen, auf der Terrasse.«

Danny machte den Gang frei und Marc folgte den Klängen der lauten Musik. Es lief gerade *Disco Inferno* von *50 Cent,* und es dauerte nicht lange, bis Marc die Terrassentür erreicht hatte und den großen Garten betrat. Dort war ein Tisch aufgebaut und gedeckt worden, und aus einem großen Lautsprecher kam die Musik. Am anderen Ende des Tisches saß Jay, ihm gegenüber war noch eine Person, die Marc nicht kannte. Ungefähr in Dannys Alter, wahrscheinlich ein Freund von ihm. Danny wies auf die Stühle und Marc setzte sich, neben ihm nahm Blake Platz, ihm gegenüber David. Joseph setzte sich etwas abseits. Nun sah Marc auch den Grill, der direkt neben der Hauswand stand. Daneben, auf einem Plastikhocker, befand sich ein Teller mit Wurst, Fleisch und Brot. Danny verschwand nun im Inneren des Hauses und kam fünf Minuten später mit einem Tablett voller gefüllter Gläser wieder. Er stellte es mitten auf dem Holztisch ab und setzte sich dann selber auf einen Stuhl.

»Das hier ist übrigens Neal.«

Danny zeigte auf den Unbekannten.

»Er würde uns auch gerne auf dem Ausflug begleiten, sofern ihr nichts dagegen habt.«

Er wechselte einen Blick mit Marc, Blake, David und Joseph.

»Ist schon in Ordnung«, meinte Blake.

»Ja. Ich habe auch nichts dagegen.«

»Das freut mich«, sagte Neal.

»Danny und Jay haben mir schon einiges erzählt. Klingt wirklich ziemlich unheimlich, aber auch verheißungsvoll, was ihr da vorhabt.«

»Das ist ja auch der Grund, weshalb wir uns dafür entschieden haben. Unheimlich und gruselig«, sagte Marc nur.

Danny schob jetzt seinen Stuhl zurück, nahm die Gläser von dem Tablett und stellte sie vor den anderen ab.

»Lasst uns anstoßen«, meinte er feierlich.

»Ist das alkoholfrei?«, fragte Marc.

»Nicht ganz. Aber es ist nur wenig drin, ich kann also später noch ohne Probleme Auto fahren.«

»Okay«, murmelte Marc und nahm sein Glas in die Hand.

»Cheers«, sagte Danny.

Sie stießen an, und Marc nahm einen kleinen Schluck. Es handelte sich um Champagner. Danny stand erneut auf und begab sich nun zu dem Grill, zündete ihn an, legte ein paar Stücke Fleisch auf das Rost und stellte den Brotkorb auf den Tisch.

»Nehmt euch ruhig schon mal und fangt an zu essen. Ich esse einfach zwischendurch, während ich grille.«

Marc nahm sich ein Stück Brot und biss hinein. Es war zwar etwas hart, schmeckte aber dennoch nicht schlecht. Einige Zeit später stellte Danny den Fleischteller auf den Tisch, und Jay holte aus dem Inneren der Wohnung noch eine Schüssel mit Salat. Joseph nahm sich ein Stück Fleisch und legte es auf seinen Teller.

»Ich glaube, das hier wird ein ziemliches Abenteuer«, sagte er. »Übrigens vielen Dank für die Einladung. Ich werde mich revanchieren, sobald das Ganze vorbei ist.«

»Das brauchst du nicht, Joseph«, antwortete Danny nur.

»Ich finde schon, denn das ist ja nicht selbstverständlich.«

»Sofern wir den Ausflug überleben, heißt das«, sagte Neal und grinste.

»Davon gehe ich doch mal aus«, murmelte Blake.

»Ich habe da irgendwie nicht so ein gutes Gefühl. Ich bin froh, wenn wir es erst mal überstanden haben.«

»Wir zwingen dich ja nicht mitzukommen, Joseph. Wenn du willst, kannst du auch gerne hierbleiben.«

»Nein, auf gar keinen Fall. Ich bin ja auch neugierig, was es mit dem Haus auf sich hat.«

»Meine Meinung dazu kennt ihr ja«, murmelte David nur.

»Genau«, bestätigte Jay.

»Meine auch. Ich sehe das ja ähnlich wie du.«

»Ich kenne Henry nun schon ziemlich lange. Und an dem Tag, an dem ich ihn das letzte Mal gesehen hatte, wirkte er total verändert. Er hat sich das Ganze nicht einfach so ausgedacht.«

Marc sagte nichts, sondern nahm sich stattdessen eine Wurst von dem Teller, schnitt sie in kleine Stücke und aß in aller Ruhe. Die restliche Zeit unterhielten sie sich noch über ihren Ausflug. Neal wollte viel wissen, offensichtlich hatte Danny ihm nur die grundlegenden Dinge erzählt. Um zweiundzwanzig Uhr, mittlerweile war es schon dunkel und die Gesprächsthemen bereits ausgegangen, sagte Joseph:

»Dann lasst uns jetzt doch mal das Ouija Brett ausprobieren.«

»Das was?«, fragte Danny verblüfft.

»Ich habe ein Ouija Brett mitgebracht. Wartet, ich hole es mal eben aus dem Kofferraum. Bereitet schon mal alles vor. Wir brauchen hier etwas Licht, am besten Kerzen.«

Mit diesen Worten verschwand Joseph, ohne eine Antwort der anderen abzuwarten. Als er außer Hörweite war, flüsterte Blake:

»Das wird bestimmt spannend.«

»Ja«, antwortete Marc nur.

Wortlos verschwanden Jay und Danny im Inneren des Hauses und kamen zeitgleich mit Joseph wieder, in der Hand ein paar Teelichter.

»Lasst uns dafür am Besten in den Keller gehen«, meinte Blake.

»Da ist es windgeschützter.«

»Gute Idee«, murmelte Jay.

Marc sah an seiner Körperhaltung, dass er ziemlich nervös war. Er wandte seinen Blick zu David, dessen Körpersprache genau dieselbe war. In seinen Augen sah er jedoch nur pure

Gleichgültigkeit, und das passte definitiv nicht zusammen. *Ist das immer noch wegen des Traumes oder ist es ihm tatsächlich egal?*

»Ja«, bekräftigte Danny.

»Gehen wir in den Keller.«

Joseph trug das Ouija Brett und bat Marc, den dazugehörigen Zeiger in die Hand zu nehmen. Unten angekommen zündete Danny alle Kerzen an und schaltete das Licht aus. Im fahlen Kerzenschein sah Marc zuerst nacheinander alle an. In Dannys und Neals Gesicht konnte er nichts lesen, aber Joseph wirkte extrem aufgeregt. Blake griff nach seiner Hand und Marc reichte sie ihr. Sie drückte sie ganz fest.

»Aufpassen, Leute. Jetzt geht es los.«

Joseph übernahm sofort die Rolle des Spielleiters und breitete das Brett vor ihnen aus. Dann legte er den Zeiger darauf.

»Bitte legt nun alle einen Finger auf den Zeiger.«

Er räusperte sich.

»Übernatürliche Mächte. Ist jemand da? Spreche ich mit jemandem?«

Eine Zeit lang tat sich rein gar nichts. David hatte bereits ein schadenfrohes Grinsen aufgesetzt und blickte Joseph an.

»Das war wohl nichts...«, setzte er an, doch dann stockte er abrupt, weil sich der Zeiger bewegte.

Es war nur ein ganz kleines bisschen. Der Zeiger schwenkte zu dem Feld, das mit *JA* beschriftet war. Nun wich David jede Farbe aus dem Gesicht. Er wurde von der einen auf die andere Sekunde kreidebleich.

»Was war das?«, stammelte er.

»Wir haben einen Kontakt hergestellt«, erklärte Joseph nur.

»Das ist doch Unsinn«, widersprach ihm Jay.

»Ach ja? Wie würdest du dir das Ganze denn erklären?«, fragte Blake.

»Keine Ahnung. Aber auf alle Fälle gibt es keine Geister oder sonst irgendwas Übernatürliches.«

»Wer bist du?«, fragte Joseph leise.

Erneut dauerte es einen Augenblick, bis der Zeiger sich wieder in Bewegung setzte. Marc verfolgte das Schauspiel geduldig. Der Zeiger glitt über das Brett und machte bei dem Buchstaben „R" halt. Danach:

H-O-N-D-A.

Rhonda! Marc nahm aus dem Augenwinkel heraus wahr, wie Joseph zusammenzuckte, und drehte sich zu ihm um.

»Alles okay bei dir?«

»Was? Ja. War nur eine unwillkürliche Reaktion.«

»Eine Reaktion, aha«, murmelte Jay.

»Genau. Eine Reaktion, da ich jemanden kenne, der Rhonda heißt oder besser gesagt hieß.«

Alle Blicke waren nun auf Joseph gerichtet.

»Wer denn?«, fragte Blake.

»Meine Mutter«, murmelte Joseph.

»Mutter. Bist du das?«, fragte er jetzt.

Wieder dauerte es eine Weile, bis der Zeiger sich erneut bewegte.

J-A

Ja. Joseph zuckte zusammen und jegliche Farbe wich aus seinem Gesicht.

»Hattest du ein gutes Verhältnis zu ihr?«, fragte Danny.

»Ja. Aber ich habe nicht allzu viel Zeit mit ihr verbringen können. Meine Eltern sind früh verstorben.«

»Das tut mir leid für dich«, murmelte Danny.

Obwohl er sich recht souverän gab, konnte Marc sehen, dass ihn die Situation auch ein Stückweit verunsicherte.

»Hast du Fragen an sie? Willst du vielleicht irgendetwas loswerden? Ich denke, jetzt ist der richtige Zeitpunkt dafür«, warf Blake ein.

»Ich weiß es nicht. Bitte gebt mir einen Augenblick Zeit.«

Joseph schloss die Augen und versuchte, sich zu konzentrieren. Plötzlich, und ohne dass etwas gesagt wurde, bewegte sich der Zeiger wieder. Er huschte über das Buchstabenfeld und niemand war fähig, auch nur ein Wort zu sprechen. Es herrschte Stille, bis sich folgende Buchstabenkombination gebildet hatte:

G-E-B-T-A-C-H-T

Gebt acht.

»Worauf?«, fragte Joseph tonlos.

H-A-U-S

»Auf *das* Haus?«

Joseph betonte das "das" besonders.

D-A-E-M-O-N-E-N-U-N-D-G-E-I-S-T-E-R

Erneut zuckte Joseph zusammen. Jay wandte sich ab und erhob sich.

»Das ist doch purer Unsinn. Das...«

Weiter kam er nicht, denn Joseph funkte ihm verärgert dazwischen.

»Was ist Unsinn, hä? Nun ist aber mal gut.«

Marc sah, dass Joseph versuchte, seine Wut zu verbergen.

»So langsam nerven mich deine dummen Kommentare, Jay. Halt doch einfach mal den Mund, wenn es angebracht ist«, rief er daher.

Jay machte einen Schritt auf ihn zu und stand nun direkt über ihm; Marc erhob sich ebenfalls.

»Ich soll meinen Mund halten? Stehst du jetzt auch schon zu dem Spinner?«, fragte Jay und zeigte auf Joseph.

Marcs Faust schnellte in rasendem Tempo hervor, und er traf Jay seitlich an der Nase. Dieser schrie auf, kippte nach hinten und fiel auf den harten Kellerboden. Ein lautes Stöhnen entwich ihm. Danny sprang nun ebenfalls auf und ergriff Marcs Arm.

»Geht's noch?«, schrie er ihn an.

»Entschuldige. Mir sind wohl die Sicherungen durchgebrannt. Er soll sich aber auch mal wieder beruhigen. Seine Kommentare sind mitunter wirklich total unangebracht.«

Plötzlich spürte Marc eine Hand auf seiner Schulter. Er drehte sich um. Es war Joseph.

»Lass ihn doch einfach reden, Marc. Darauf, was er sagt, gebe ich gar nichts.«

Mittlerweile hatte Jay sich wieder aufgerichtet. Er fasste sich immer wieder an seine Nase, und Marc erinnerte sich an die gestrige Situation im Einkaufszentrum. An die Auseinandersetzung zwischen ihm und Joseph. Auch da hatte sich Jay seines Erachtens nach schon falsch verhalten. Und jetzt das... Obwohl es nicht an ihn persönlich gerichtet gewesen war, war bei Marc das Fass trotzdem übergelaufen. *Warum behandelt er Joseph nur so? Womit hatte dieser das alles verdient?* Jay hatte definitiv nicht das Recht dazu. Marc setzte sich nun wieder auf den Boden, und Blake legte einen Arm um ihn.

»Mann. Was soll denn das, Marc?«, fragte Jay.

»Behandele Joseph doch nicht immer so beschissen. Was soll das denn?«

»Das ist noch lange kein Grund um mir eine reinzuhauen. Vor

114

allem genau auf die Nase.«

Jay fasste sich an seine Nase und Marc sah, dass diese etwas schiefer war als vorher. Ein Schrecken durchfuhr ihn. Hatte er sie ihm etwa gebrochen? Nein, dazu war der Schlag zu schwach gewesen. Wobei...

»Entschuldigung. Aber ich hoffe, du verstehst mich wenigstens ein bisschen.«

»Inwiefern soll ich dich denn verstehen?«

»Lass doch einfach mal deine blöden Kommentare Joseph gegenüber.«

»Aber das ist doch wohl eine Sache zwischen mir und ihm. Oder etwa nicht?«

Marc spürte schon wieder Wut in sich aufsteigen. Was bezweckte Jay damit, ihn jetzt so zu provozieren?

»Ich kann deine unnötigen Sticheleien einfach nicht mehr hören. Ich habe es so was von satt.«

»Lasst es doch einfach gut sein«, sprach Blake.

»Und zwar alle beide. Lasst uns die Sitzung einfach fortführen.«

Jay murmelte daraufhin irgendetwas Unverständliches vor sich hin und Marc nickte leicht. Joseph übernahm wieder das Kommando, setzte sich erneut vor das Ouija Brett und sprach.

»Was meinst du damit? Was erwartet uns genau?«

K-E-L-L-E-R

»Was ist im Keller?«

Danny war ziemlich nervös, er war der komplette Gegenpart zu seinem Bruder. Jay nahm das Ganze nicht ernst genug - oder es interessierte ihn vielleicht auch einfach nicht.

A-U-T-O

»Im Keller ist ein Auto?«, fragte Neal verwirrt.

»Das klingt aber ziemlich absurd.«

F-I-N-D-E-T-D-A-S-A-U-T-O

»Ein Auto«, murmelte Joseph.

»Ein Auto. Irgendetwas hat es mit diesem verdammten Auto auf sich.«

»Die Frage ist nur: was? Ich denke, wir werden es noch früh genug herausfinden«, erwiderte Blake.

»Was genau hat es denn mit dem Auto auf sich?«, fragte Danny nun an das Brett gewandt.

Aber der Zeiger blieb vollkommen still, er bewegte sich nicht mehr. Der Kontakt zu dem Medium, zu Rhonda, war offensichtlich abgebrochen.

»Nichts mehr. Das wars«, sagte Joseph.

»Lasst uns jetzt losfahren«, meinte Marc.

»Am besten sofort. Ich fürchte irgendwie, dass wir uns beeilen müssen.«

»Gute Idee«, murmelte Danny.

»Ausnahmsweise bin ich mal eurer Meinung«, stimmte Jay zu. Seine Stimme klang übertrieben schmerzverzerrt und leidend. Marc hasste ihn dafür. *Kann er sich nicht einfach mal zusammenreißen?* Sie standen auf, und folgten Danny, der den Weg zu seinem Auto eingeschlagen hatte. Neal und Jay setzten sich mit ihm in den Pontiac, während David, Blake und Marc gemeinsam mit Joseph in dem Dodge Ram Platz nahmen. Marc ließ seinen Blick umherschweifen, aber nur ein paar abseitsgelegene Laternen erhellten das Umfeld. Zudem hatte sich der Wind deutlich verflacht, er war kaum noch zu spüren. Marc schloss die Autotür und lehnte sich im Sitz zurück. Er wollte nur kurz die Augen schließen, da er sich plötzlich ziemlich müde und ausgelaugt fühlte, aber andererseits hatte er Angst, dass er einnicken und dann der Albtraum wiederkommen würde. Da die Fahrt nur eine Stunde dauern würde, beschloss er, lieber wach zu bleiben. Joseph startete den Motor und fuhr los, Danny folgte ihm. Als der Wald, den Marc im Scheinwerferlicht deutlich vor sich sehen konnte, begann, bat Joseph Blake, ihm die Karte zu reichen, die in der Mittelkonsole lag. Blake öffnete diese und zog den Wegweiser hervor. Joseph setzte derweil den Blinker und steuerte rechts auf den Grünstreifen, Danny tat es ihm gleich. Der Punkt war bereits auf der Karte markiert, ein paar Zentimeter darunter befand sich ein weiterer Punkt. Dannys Haus.

Joseph betrachtete die Straße; sie führte größtenteils geradeaus, und es gab nur eine einzige Abzweigung. Wenige Minuten später startete er den Motor wieder und fuhr weiter. Es dauerte genau fünfzig Minuten, bis sie schließlich die Parkbucht erreicht hatten.

»Wir sind da«, verkündete Joseph.

Marc fühlte, wie er zu zittern begann. Sie waren angekommen, das Abenteuer konnte nun also beginnen.

17 *Vor zehn Jahren…*

Taylor Martinez kam fünf Minuten früher als geplant. Sie wirkte auf den ersten Blick freundlich und lebensfroh, war also das komplette Gegenteil ihres letzten Kunden.

»Guten Morgen, Mrs. Martinez, mein Name ist Verena Williams. Sie sind also hier, damit ich einen Blick in Ihre Zukunft werfe?«

»Richtig. Ich denke, das ist ein wirklich gutes Angebot des Hotels. Die Idee gefällt mir außerordentlich.«

»Das freut mich. Dann setzen Sie sich doch bitte.«

Verena wies auf einen Stuhl, Taylor zog ihn sich zurück und nahm Platz. Dann ergriff Verena den abgegriffenen Kartenstapel und mischte ihn sorgfältig durch. Danach hielt sie ihrer Kundin das offene Blatt entgegen.

»Daraus ziehen Sie jetzt bitte nacheinander drei Karten.«

Selbstsicher und ohne zu zögern griff Taylor Martinez nach dem Stapel und zog die erste Karte heraus. Wieder war da der eiserne Drache. *Die Sense.* Verena wurde plötzlich übel. Und dann nacheinander das Schwert und der Feuerstab. *Dasselbe Blatt, welches auch Riley Bingham gezogen hatte.* Verena glaubte nicht an Zufälle, schon lange nicht mehr. Daher ließ das, was sie gesehen hatte, ihren Hals verknoten. Sie war für einen Moment nicht fähig zu atmen und ihr Herzschlag beschleunigte sich. Ihr Herz schien förmlich aus ihrer Brust herausspringen zu wollen. Taylor Martinez musste das wohl mitbekommen haben, denn sie schob erschrocken ihren Stuhl zurück und sprang auf.

»Ist alles in Ordnung bei Ihnen?«, fragte sie verschreckt.

»Oder soll ich vielleicht einen Arzt...«

Mehr hörte Verena nicht, denn ihre Sinne schwanden, bis sie schließlich in vollkommener Schwärze mündeten. Das Letzte, was sie hörte, war ein Schrei von Taylor Martinez.

18

Marc öffnete die Autotür und trat ins Freie. Es hatte sich bereits deutlich abgekühlt und es wehte immer noch ein lauer Wind. Plötzlich bemerkte er einen Arm auf seiner Schulter. Er zuckte zusammen, drehte sich um, sah dann aber, dass es nur Blake war.

»Alles okay bei dir?«, fragte sie.

»Ja. Ich bin nur aufgeregt, aber ich denke, das sind wir alle.«

»Stimmt. Wäre ja auch seltsam, wenn nicht.«

Blake lachte. Nun hatte auch Danny seinen Pontiac abgestellt, Neal kletterte aus der Beifahrertür ins Freie und Jay und Danny folgten ihm mit etwas Verzögerung.

»Da. Da ist es!«, rief Joseph plötzlich aufgeregt.

Marc drehte sich um, und sah im Schein der Taschenlampen, die Danny und Jay bei sich trugen, die Konturen eines Hauses. Es machte einen düsteren und fast unheimlichen Eindruck und passte somit perfekt in den Wald hinein. *In diesem Haus kann es gar nicht mit rechten Dingen zugehen*, dachte Marc. Blake streckte ihre Hand aus und Marc ergriff sie, sie war genauso schweißnass und warm wie seine.

»Seht ihr hier irgendwo das besagte Auto?«, fragte Danny.

»Also ich nicht«, meinte Neal.

Marc ließ seinen Blick schweifen, doch außer dem Haus gab es nichts zu sehen, kein Auto, und nichts anderes, bis auf den dichten, tiefen Wald.

»Vielleicht steht es ja hinter dem Haus. Auf jeden Fall müssen wir es suchen«, sagte Joseph.

»Bin ganz deiner Meinung«, murmelte Danny.

»Ja, ich auch«, grummelte Neal.

»Okay. Dann lasst uns los.«

Marc setzte seinen Fuß auf den Waldboden; es war ein schlammiger Untergrund, der an einigen Stellen von Laub und Tannenreisig gesäumt wurde. Selbiges knisterte nun leise unter seinen Füßen und mischte sich somit in die allgemein unbehagliche Geräuschkulisse des nächtlichen Waldes. Als er das Geräusch das erste Mal wahrnahm, zuckte er erschrocken zusammen. Blake legte ihm eine Hand auf den Rücken und flüsterte ihm beruhigend zu:

»Das war nur das Laub. Es ist alles in Ordnung«,

Marc wusste nicht, warum er auf einmal so schreckhaft war, aber er hasste sich dafür. *Wovor habe ich denn bloß Angst? Vor dem Haus? Vor Joseph? Oder vielleicht vor Jay?* Er wusste es nicht, und das gab ihm zu denken. Er hoffte einfach nur, dass Jay sich mal zusammenreißen würde, wenn auch nur für diese eine Nacht. Der Wald wurde immer dichter, was dafür sorgte, dass zwei Taschenlampen nicht mehr für alle ausreichten, weshalb Neal seine ebenfalls anschaltete. Danny drückte Marc, Blake und Joseph eine weitere in die Hand und sagte:

»Lasst sie erst einmal aus. Ich habe nämlich vergessen, die Batterien zu wechseln. Sie sind fast leer, und ich habe keine weiteren dabei.«

»Okay«, gab Blake zur Antwort und nahm ihre entgegen.

Ein paar Minuten später hatten sie das Haus erreicht. Sie hielten noch immer nach dem mysteriösen Auto Ausschau, doch von diesem fehlte weiterhin jede Spur.

»Immer noch kein Auto zu sehen«, warf Jay in die Runde.

Seine Stimme klang triumphierend, und Marc musste sich zusammenreißen, um nicht wieder etwas Unüberlegtes und

Provozierendes zur Antwort zu geben.

»Wir werden es schon noch finden«, murmelte Joseph.

Er klang genervt, aber das war auch kein Wunder. Danny schwenkte derweil seine Taschenlampe umher, doch im Umkreis von einhundert Metern war nichts zu sehen. Sie wagten sich tiefer in den Wald hinein, bis sie nach drei Minuten eine Böschung erreicht hatten. Marc wäre beinahe gestolpert, doch er konnte sein Gleichgewicht gerade noch halten, da er direkt neben sich einen Baumstamm fand und nach diesem griff.

»Vorsicht, hier geht's runter.«

Blake, die direkt hinter ihm ging, schaltete daraufhin ihre Taschenlampe ein und leuchtete die Böschung hinunter. Ein kleiner Bach war zu sehen, dessen Rauschen aber nur zu vernehmen war, wenn man ganz genau hinhörte. Der Wind trug auch die anderen Geräusche, wie zum Beispiel die von nachtaktiven Tieren, schnell fort. Marc wandte seinen Kopf, hielt angestrengt nach dem Auto Ausschau - und war schließlich der erste, der es entdeckt hatte. Es war direkt neben einem Holztisch geparkt, vor dem zwei Bänke standen. Ein perfekter Ort zum Einlegen einer Pause.

»Da! Da ist es!«, rief er hektisch.

Jay schaute ihn nur ungläubig an und wandte dann seinen Blick ab.

»Und, was soll dort sein?«, fragte er desinteressiert.

»Na das Auto«, gab Marc genervt zurück.

»Und?«

Marc ignorierte seine letzte Bemerkung und schaltete die Taschenlampe an. Der Lichtkegel streifte über das Auto, und bei näherem Hinsehen erkannte Marc, dass es sich um einen grauen Toyota handelte. Der Lack glänzte im Schein der Taschenlampe.

»Lasst uns hingehen«, sagte Joseph und wagte einen Schritt die Böschung hinunter. Marc und Blake folgten ihm, kurz darauf Neal und Danny, und zuletzt Jay. Blake hatte mittlerweile ihre Taschenlampe wieder ausgeschaltet, um Strom zu sparen, Marcs und Dannys Lampen waren also die einzigen, die noch leuchteten. Zwei Minuten später standen sie direkt vor der Fahrertür. Sie war nicht abgeschlossen, deshalb konnte Marc sie ohne Probleme öffnen. Er leuchtete den Innenraum aus, konnte jedoch auf den ersten Blick nichts Außergewöhnliches entdecken. Das Leder des Sitzes war weich und nachgiebig, was darauf hinwies, dass der Wagen schon ziemlich lange in Gebrauch war. Außerdem war es innen stickig, die Luft stand. Marc drehte sich um, Blake hatte zu seiner Unterstützung erneut ihre Taschenlampe angeschaltet. Doch er konnte nichts Verdächtiges in dem Auto entdecken, alles wies darauf hin, dass es bis vor Kurzem noch benutzt gewesen war. Danny, Joseph, Jay und Neal hatten auf den Bänken hinter ihnen Platz genommen und beobachteten das Szenario.

»Und? Hast du etwas gefunden?«, fragte Joseph neugierig.

»Nein. Nichts Besonderes«, erwiderte Marc.

»Aber da muss doch was sein.«

»Vielleicht im Kofferraum?«, vermutete Blake.

»Daran habe ich noch gar nicht gedacht«, gab Marc zu.

Er folgte Blake, die bereits auf dem Weg zum hinteren Teil des Autos war. Der Wind fegte mittlerweile durch die Baumkronen, überall raschelte es, der Wald lebte. Marc öffnete die Kofferraumklappe und beleuchtete das Innere. Doch das, was nun aus der Dunkelheit auf ihn zu sprang und ihn zu Boden riss, sah er viel zu spät. Er konnte gegen das drohende Unheil nichts mehr ausrichten.

19 *Vor vielen Jahren...*

Ich kam irgendwie wieder aus dem Keller heraus, konnte mich jedoch nicht mehr daran erinnern, wie ich das geschafft hatte. Am nächsten Morgen dachte ich, dass es wohl einfach nur ein Albtraum gewesen sein musste. Doch als ich die Holztreppen hinunterstieg und sah, dass die Luke noch immer geöffnet war, wurde mir übel. Als ich dann auch noch die Bluttropfen auf dem Boden entdeckte und Schreie aus dem Schlafzimmer meiner Eltern hörte, drehte sich mein Magen komplett um. Wie in Trance folgte ich den Geräuschen und stieß die Tür auf. Was ich dann sah, ließ mir das Blut in den Adern gefrieren. Blut. Überall Blut. Verrenkte Körper, brutal abgerissene Köpfe... die, meiner Eltern. Tot, beide. Meine Sinne schwanden, und wenig später knallte ich auf den Boden und verlor das Bewusstsein.

20 *Vor zehn Jahren...*

Verena wachte auf der Krankenstation des Hotels auf. Direkt neben ihrem Bett sah sie ein ihr bekanntes Gesicht. John Landcoast, den Arzt des Hotels.

»Verena«, sagte er, ruhig und bedächtig.

»Ja? Was ist passiert?«

»Sie sind in Ohnmacht gefallen. Das ist jetzt etwa eine Stunde her.«

Verena richtete sich langsam auf. Sie hatte den Raum schon ein paar Mal gesehen, hatte ihn jedoch bisher noch nie benutzen müssen. Plötzlich kamen ihre Erinnerungen wieder zurück... Taylor Martinez, das Kartenblatt, dass dasselbe war wie bei Riley Bingham. *Ein Unheil steht bevor.* Verena drehte sich erneut der Magen um.

»Mir geht's wieder blendend. Habe ich noch Termine?«

»Die haben wir vorsorglich abgesagt. Sie sollten sich erst einmal den Rest des Tages ausruhen.«

»Okay«, murmelte Verena.

Es hatte keinen Sinn, zu diskutieren, denn der Arzt hatte recht. Sie griff deshalb nach einem Glas Wasser, welches auf ihrem Nachttisch stand, und trank einen großen Schluck. Ihr Hals fühlte sich seltsam ausgetrocknet an, weshalb sie das Getränk mit einem Schluck herunterkippte. Kurz darauf verabschiedete sie sich von dem Arzt und ging zur Rezeption. Sie wollte momentan keinesfalls auf ihr Zimmer, sondern lieber das Gespräch mit Taylor Martinez suchen, um das Ganze vernünftig zum Abschluss zu bringen. Sie wollte ihr erklären, was das Kartenblatt genau zu bedeuten hatte, damit sie die Frau rechtzeitig warnen konnte. An der Rezeption erfuhr sie von Cora Archer die Zimmernummer von Taylor Martinez. Es war die 857, das hieß, ihr Zimmer lag im achten Stock. Sie stieg also in den Fahrstuhl, drückte den Knopf, der mit einer großen 8 bedruckt war und fuhr bis zur gewünschten Etage hinauf. Zimmer Nummer 857 lag am anderen Ende des Flurs, und als sie angekommen war, klopfte Verena kurzerhand gegen die Tür. Eine leise Bewegung aus dem Inneren war zu hören, bevor Taylor Martinez öffnete.

»Sie? Verena?«, fragte diese ungläubig.

»Wie geht es Ihnen?«

»Besser. Ich weiß nicht, was vorhin los war, auf jeden Fall möchte ich Ihnen noch erklären, was das Kartenblatt zu bedeuten hatte.«

Taylor Martinez wich einen Schritt zur Seite und gab somit den Weg ins Zimmer frei.

»Kommen Sie doch rein.«

Sie wies auf eine Couch, die neben dem Fernsehgerät stand. Verena nahm das Angebot dankend an und setzte sich.

»Möchten Sie etwas trinken?«, fragte Taylor.

»Nein, vielen Dank. Ich würde gerne direkt zur Sache kommen, wenn es Ihnen nichts ausmacht.«

Taylor setzte sich auf einen Stuhl und sah sie an, Verena fing an zu erzählen.

»Also, das Blatt hatte nichts Gutes zu bedeuten, genauer gesagt ist es sogar fast das Schlimmste, was einem passieren kann. Tod, Leid und Unglück, das sagen diese drei Karten aus. Und eigentlich habe ich eine gewisse Schweigepflicht, aber die muss ich dieses Mal leider brechen. Ich hatte einen Termin, direkt vor Ihnen. Es war ein Mann, und er hatte genau dasselbe Blatt, wie Sie. Das passiert sonst nie, und da ich fest an meine Fähigkeiten glaube, befürchte ich, dass in naher Zukunft ein großes Unglück bevorsteht. Ich wage sogar fast zu sagen, dass es das ganze Hotel betreffen wird.«

Taylors Gesichtsausdruck hatte sich nun von neugierig zu desinteressiert verändert, und das innerhalb kürzester Zeit. Ein kompletter Sinneswandel, und Verena merkte, dass sie eine ganz andere Reaktion erwartet hatte.

»Ach ja?«, fragte Taylor ungläubig.

»Ja. Dabei kann es sich auf keinen Fall um einen reinen Zufall handeln. Vor allen Dingen nicht zwei Mal hintereinander.«

»Ich wusste, dass es ein Fehler war, Sie aufzusuchen. Ein Unglück steht bevor, jaja. Ihr seid doch alle gleich.«

Taylor klang mittlerweile fast wütend. Verena zuckte erschrocken zusammen, denn das hätte sie von der Frau sicher nicht erwartet.

»Gehen Sie jetzt bitte wieder.«

Ohne ein weiteres Wort zu sagen stand Verena auf und verließ das Zimmer. Genervt schloss Taylor Martinez die Tür hinter ihr. So hatte Verena sich das Gespräch wahrlich nicht vorgestellt. *Warum ist es denn bloß so negativ verlaufen?*, fragte sie sich. Ihre Menschenkenntnis hatte offenbar mal wieder auf ganzer Linie versagt, schon das zweite Mal am heutigen Tage. Egal, sie hatte auch schon oft genug recht gehabt, und aus manchen Menschen wurde man eben einfach nicht schlau. Verena schüttelte innerlich den Kopf und betrat die Fahrstuhlkabine. Drei Stunden später war es schon fast neunzehn Uhr, und Verenas Magen knurrte. Sie betrat deshalb den edlen Speisesaal und füllte sich am Buffet ihren Teller. Ihre Mahlzeit bestand aus einem Lammsteak, einer Backkartoffel mit

Sour Cream, ein paar Scheiben Baguette und einem Glas edlem Rotwein, einem *Merlot*, aus dem Jahre 1990. Fünf Jahre alt, ein perfektes Alter für einen Wein. Er schmeckte köstlich. Zum Nachtisch bestellte Verena sich eine Portion Mousse au Chocolat, und nachdem sie den letzten Löffel zu sich genommen hatte, fühlte sie sich endlich satt. Sie wollte aber nicht sofort wieder auf ihr Zimmer, weshalb sie zu der gut besuchten Bar ging und sich dort zunächst ein Glas Cola bestellte. Sie sah Drake wieder, er war gerade dabei, benutzte Gläser abzuwaschen. Sie setzte sich auf einen Barhocker und sprach ihn an.

»Hi, Drake. Wie geht's dir?«

»Gut wie eh und je. Und dir?«

»Irgendwie merkwürdig. Hättest du vielleicht mal ein paar Minuten Zeit für mich? Ich bräuchte mal dringend jemanden zum Reden.«

Drake drehte sich kurz um und sah in den Küchenbereich hinter sich.

»Lander?«, rief er.

»Ja?«

»Ich mache mal eine Pause. Aber ich bin bald wieder da.«

»Alles klar, ich arbeite solange vorne.«

»Okay, danke.«

Drake wandte sich Verena zu.

»Und wohin willst du?«, fragte er.

Obwohl, oder gerade weil es bereits so spät am Tag war, sagte Verena:

»Lass uns doch auf den Jahrmarkt gehen.«

»Der neben dem Park?«, fragte Drake.

»Welcher denn sonst?«

»Na gut. Aber nicht so lange. Ich habe nicht so viel Zeit.«

Verena lächelte ihn an.

»Nein, so lange wird es schon nicht dauern.«

Sie verließen das Hotel durch den Hintereingang. Schon von weitem war die laute Musik des Vergnügungsparks zu hören. Verena streckte ihre Hand aus und ergriff die von Drake. Er ließ es sich gefallen und zog sie nicht weg. Danach erzählte sie ihm alles: angefangen bei Riley Bingham, über Taylor Martinez und ihre Reaktion bis hin zu ihren Gefühlen. Drake hörte aufmerksam zu und redete kein einziges Mal dazwischen. Erst, als Verena geendet hatte, sagte er:

»Das ist ja wirklich merkwürdig. Vor allem ihre Reaktion...«

Drake schüttelte den Kopf.

»Definitiv. Und ich weiß nicht, was ich tun soll. Ich glaube, dass uns wirklich ein Unheil bevorsteht.«

Drake sah sie genauer an. Eindringlich. Sie hielt seinem Blick stand.

»Meinst du, wir sollten...«

»Das Hotel verlassen? Ja, ich denke, das ist das Beste.«

»Okay«, meinte Drake und seufzte.

»Aber lass uns den Abend jetzt noch genießen. Fernab jeglicher Gefahren.«

Verena sah ihm einen Moment lang in die Augen, dann umarmte sie ihn und zog ihn fest an sich heran. Sie küsste ihn, eine Welle der Erleichterung durchflutete sie und eine Last fiel ihr von den Schultern. Sie lösten sich irgendwann wieder voneinander und Verena stellte erneut direkten Augenkontakt her.

»Das war so gar nicht geplant«, sagte sie verlegen.

»Es war doch nicht schlimm.«

Drake lächelte sie erneut an.

»Hat sich gut angefühlt.«

»Lass uns auf mein Zimmer gehen«, sagte Verena leise.

Drake blickte sie an.

»Sicher?«

»Ganz sicher.«

21

Der Aufprall presste Marc die Luft aus den Lungen. Ein Mann, dessen Körper von tiefen Schnitten und blutenden Wunden übersät war, stand jetzt über ihn gebeugt da. Marc mobilisierte all seine Kräfte und versuchte, sich aufzubäumen, doch es gelang ihm einfach nicht, den Körper von sich herunterzubekommen. Danny eilte ihm zur Hilfe, und bevor der Mann, der ein riesiges Messer hinter seinem Rücken hervorgezogen hatte, zustechen konnte, wurde er von Danny auf den Boden gedrückt.

»Neal!«, rief Danny.

»Hilf mir mal bitte schnell.«

Neal kam sofort angerannt, Jay direkt hinter ihm. Sie zerrten den Mann hinter sich her und schubsten ihn etwas entfernt von Marc auf den Boden.

»Was machen wir mit denn jetzt ihm?«, fragte Danny.

Der Mann wehrte sich nicht mehr, sondern lag nun ganz still unter Danny. Er atmete unregelmäßig, sein Brustkorb hob und senkte sich immer wieder direkt hintereinander.

»Geht in das Haus!«, keuchte er, als er sich wieder etwas beruhigt hatte.

»In das Haus?«, fragte Joseph.

»Ja.«

»Was ist denn dort?«, fragte Jay.

»Ich war drin. Und... ich muss noch einmal rein«

»Wer bist du überhaupt?«, fragte Neal böse.

»Ich bin Larry. Meine Frau und ich sind zufällig auf das Haus gestoßen. Wir sind reingegangen und... lebend wieder herausgekommen bin nur ich.«

»Was ist passiert?«, fragte Blake alarmiert.

»Wir haben den Fehler gemacht, das Haus getrennt zu erkunden. Ich war oben, und als ich Schreie gehört habe, bin ich sofort runtergerannt. Doch da war es schon zu spät.«

Danny runzelte die Stirn.

»Was ist denn mit Ihrer Frau passiert? Waren Sie nicht alleine in dem Haus?«

»Doch. Das ist ja das Problem. Danach bin ich raus, so schnell, wie es mir möglich war. Ich habe sie mitgenommen... und... jetzt muss ich noch einmal dahin. Ich muss erfahren, was genau mit ihr passiert ist.«

»Warum glaube ich dir bloß nicht?«, fragte Joseph eher sich selbst als jemand anderen in seiner näheren Umgebung.

»Für mich klingt das auch ganz und gar nicht überzeugend«, stimmte ihm Danny zu.

»Überzeugt euch doch einfach selbst davon. Folgt mir in das Haus hinein.«

»Okay«, murmelte Joseph.

»Ich denke, es ist sowieso das Einzige, was uns übrigbleibt. Wir haben ja nichts zu verlieren. Aber zuerst kommt das Messer weg.«

»Eine gute Einstellung«, meinte Larry, legte das Messer auf den Waldboden und ließ zu, dass Danny es aufheben und in seine Hosentasche stecken konnte.

»Ich bin noch nicht sicher, ob ich dir wirklich trauen will«, murmelte Neal und blickte dabei Hilfe suchend in die Runde.

Danny nickte und auch Jay bewegte leicht seinen Kopf. Blake und Marc verhielten sich vollkommen gleichgültig, genau wie Joseph.

»Und was zur Hölle hast du überhaupt in deinem Kofferraum gemacht?«, fragte nun Jay.

»Gewartet. Ich wollte auf Brit warten, ich war vollkommen von Sinnen. Es war so, als wenn ich betrunken wäre. Eine Art Rauschzustand.«

Danny blickte ihn mit hochgezogener Augenbraue an.

»Und das soll glaubwürdig klingen? Du wirkst auf mich eher wie ein verdammter Junkie«, meinte er.

»Ach, wisst ihr was? Glaubt doch, was ihr wollt«, rief Larry plötzlich wütend.

Er wand sich unter Dannys Griff heraus – da dieser in diesem Moment nicht mit so etwas gerechnet hatte, war er vollkommen machtlos. Kurz darauf stand der Mann auf und rannte dann in den tiefen, dunklen Wald hinein, in Richtung des Hauses. Marc, Blake, und die anderen blickten ihm nur ungläubig hinterher.

»Was war das denn jetzt?«, fragte Jay.

»Ihm gingen wohl langsam die Argumente aus«, murmelte Danny spöttisch.

»Egal, lasst uns jetzt auch losgehen zum Haus. Vielleicht steckt ja doch ein Funken Wahrheit hinter seinen Worten. Selbst das würde ja schon reichen, um zu belegen, dass etwas mit dem Haus nicht stimmt«, entgegnete Marc.

»Möglich ist es natürlich«, stimmte Neal ihm zu.

»Ich denke auch. Ich kann es kaum noch abwarten, endlich das Haus wiederzusehen.«

Alle blickte Joseph entgeistert an.

»*Wieder?*«, fragte Blake konsterniert.

»Ja, wieder«, murmelte Joseph schuldbewusst.

»Ich wollte es euch eigentlich erst später verraten, aber jetzt habe ich mich verplappert. Ich habe in diesem Haus einen Teil meiner Kindheit verbracht. Den prägendsten und schrecklichsten Teil.«

Stille legte sich nun über die Gruppe und niemand war mehr fähig, ein Wort zu sprechen, geschweige denn die von Joseph zu begreifen, weshalb dieser einfach weiterredete:

»Wir haben damals, als ich noch ein Kind war, unseren Urlaub in dieser Hütte verbracht, und ich habe schon nach einigen Tagen gemerkt, dass es dort nicht mit rechten Dingen zugehen kann. Und dann sah ich eines Nachts meinen verstorbenen Onkel vor mir, besser gesagt seinen Geist. Er führte mich in einen Keller, den noch keiner von uns zuvor gesehen hatte. Dort fand ich ein dickes Buch, in dem auf mehrere Seiten verteilt einige Zeilen geschrieben standen, die man laut vorlesen sollte. Ich war damals erst acht Jahre alt, und deshalb tat ich einfach, was dort von mir verlangt wurde. Aber es war ein Fehler! Ich habe mit diesen paar Zeilen übernatürliche Mächte aus dem Jenseits in das Haus geholt.«

Joseph schwieg ein paar Sekunden und holte dann tief Luft. Blake sah, dass ihm das Sprechen schwerfiel und ihm Tränen ihm in den Augen standen. Sie machte einen Schritt auf ihn zu und legte beruhigend einen Arm um ihn.

»Du musst uns das nicht erzählen, wenn du nicht möchtest«, sagte sie zu ihm.

»Doch, ich fühle mich dazu verpflichtet. Aber gebt mir bitte ein bisschen Zeit.«

Er holte tief Luft und fuhr dann fort.

»Am nächsten Morgen fand ich meine Eltern, oder besser gesagt das, was von ihnen noch übriggeblieben war, in ihrem Schlafzimmer.«

Erneut machte Joseph eine Pause. Jetzt konnte er seine Tränen nicht mehr zurückhalten und ließ sie stattdessen laufen.

»Danach versuchte ich, mich selbst umzubringen, einer von unzähligen Versuchen, die noch folgen sollten, doch ich schaffte es einfach nicht. Ich konnte es nicht. Ich brachte es nicht übers Herz, mir fehlte wohl einfach der Mut.«

»Und das erzählst du uns erst jetzt?«, fragte Danny.

»Ja, denn ich hatte befürchtet, dass ihr mich nicht mitnehmen würdet, wenn ich es euch vorher erzählt hätte. Aber jetzt muss ich einfach wissen, was genau damals passiert ist. Ich weiß bis heute nicht, wer oder was meine Eltern umgebracht hat.«

»Und dann? Was passierte danach?«, fragte Danny.

»Irgendwann, ich muss wohl geschlafen haben, stand plötzlich die Polizei vor der Tür. Sie brachten mich weg von dem Platz, weg von diesem grauenhaften Ort. Ich kam bei meiner Tante unter, doch auch dort hatte ich wahrlich kein schönes Leben. Mit achtzehn Jahren landete ich schließlich in einer psychiatrischen Anstalt, denn ich hatte sie nicht mehr ertragen können. Ich musste einfach einen Schlussstrich ziehen.«

Dann erzählte er ihnen den Rest der Geschichte, die Marc und Blake bereits kannten. Als er fertig war, herrschte einen Moment lang Stille, bis Jay diese auf einmal durchbrach.

»Das tut mir sehr leid für dich, wirklich. Aber fühlst du dich ehrlich in der Lage, dieses Haus noch einmal zu betreten? Nach allem, was damals geschehen ist?«

»Sagen wir mal so, ich fühle mich dazu verpflichtet. Ich muss da durch«, murmelte Joseph nur.

»Okay«, meinte Jay.

»Dann lasst uns jetzt endlich los. Ich kann es kaum noch abwarten.«

Marc beschlich plötzlich ein ungutes Gefühl. Was zur Hölle wollte Joseph in dem Haus, in dem seine Eltern damals durch mysteriöse Umstände zu Tode gekommen waren? Wollte er sich vielleicht selbst oder jemanden aus ihrer Gruppe umbringen? Marc konnte sich keinen Reim darauf machen, aber er befürchtete das Schlimmste. *Nein. Das ist doch Schwachsinn*, dachte er. *Nichts als Schwachsinn.* Danny und Neal setzten sich nun an die Spitze, Jay und David, der immer noch einen bedrückten und verunsicherten Eindruck machte, gingen in der Mitte und dahinter kamen als Nachhut Joseph, Marc und Blake. Die verstreuten Blätter auf dem harten Waldboden raschelten, und Marc musste aufpassen, dass er nicht über einen der vereinzelten Äste stolpern würde, weshalb er seine Taschenlampe anschaltete und auf den aufgewühlten Boden richtete. Als Marc den Lichtkegel wieder hob, sah er etwas entfernt das Haus. Bei Sonnenlicht lag es offenbar im Schatten eines riesigen Baumes, dessen Äste sich in den nun schwarzen Himmel, der nur an einigen Stellen von Sternen gesäumt war, erstreckten. Marc wurde übel. Einerseits wollte er keinesfalls in das Haus gehen, doch andererseits war er auch neugierig, und diese Neugier überwog in diesem Moment. Sie näherten sich dem Haus immer weiter und niemand war mehr fähig, ein Wort zu sprechen. Die Stille legte sich über sie wie ein Mantel des Schweigens über die Gruppe, und die Stimmung wurde zunehmend angespannter. Wenige Minuten später, die Marc allerdings wie eine Ewigkeit vorkamen, hatten sie endlich das Holzhaus erreicht.

»Da ist es«, flüsterte Blake aufgeregt und drückte seine Hand.

»Ja«, hauchte er nur.

Zu mehr war er nicht fähig. Danny, Jay, David und Neal stiegen die Treppen hinauf und die alten, morschen Holzstufen ächzten unter ihrem Gewicht. Kurz darauf betrat Marc mit zitternden Knien und schweißnassen Händen die Treppe, Blakes Hand immer noch fest umklammert. Joseph folgte ihnen auf den Vorsprung. Marc ließ seine Taschenlampe über die nähere Umgebung schweifen, doch bis auf eine alt aussehende Haustür und einen Klingelknopf war nicht viel zu sehen. Marc beleuchtete den Knauf der Tür näher und erkannte, dass er mit kleinen Totenköpfen verziert war. Plötzlich raschelte etwas hinter ihm, er drehte sich erschrocken um, doch es war nur Blake, die etwas aus ihrer Handtasche herausholte. *Die Funkgeräte!* Es waren vier Stück. Sie reichte Jay, Marc und David eins, das vierte behielt sie für sich selbst.

»Wir haben leider nur vier davon, aber wir werden uns ja eh nur in Zweiergruppen aufhalten, falls wir uns trennen sollten.«

»Gute Idee«, meinte Jay.

»Ja«, bestätigte Danny und nickte zustimmend.

Marc legte seine Hand nun auf den Türknauf und drehte ihn langsam. Nach wenigen Sekunden gab die Tür unter seiner Hand nach. Sie öffnete sich, und das Licht der Taschenlampen fiel jetzt in die zuvor so undurchdringbare Dunkelheit. Das Erste, was Marc ins Auge fiel, war eine Wendeltreppe. Sie erstreckte sich bis ins obere Stockwerk, das von der unteren Etage aus nicht gut einsehbar war. Unten lag ein langer Flur vor ihnen, mit zwei gegenüberliegenden Türen an seinem Ende. Der Boden bestand vollständig aus Holzdielen und Marc hatte das Gefühl, dass jede einzelne unter seinen Füßen ächzte.

»Okay«, rief Marc.

Er hatte mittlerweile die Führung übernommen, was niemanden zu stören schien. Augenscheinlich war jeder damit zufrieden, selbst nicht die Verantwortung tragen zu müssen – doch Marc hatte damit keine Probleme.

»Dann lasst uns jetzt mal rein ins Innere.«

Ohne die Antwort der anderen abzuwarten, wagte er sich hinein. Wie vermutet ächzte das alte Holz unter seinen Füßen; er bekam eine Gänsehaut und begann zu frösteln. Gerade, als Marc sich umdrehen wollte, um nach den anderen zu sehen, ertönte ein Knacken und er hörte das Brechen von Holz. Dann sah er die ruckartige Bewegung im Hintergrund, konnte jedoch gegen das, was nun passierte, nichts mehr ausrichten. Er beobachtete, wie Joseph durch das Holz in die bodenlose Tiefe stürzte und mit einem Geräusch von brechenden Knochen und einem markerschütternden Schrei auf dem harten Boden in der tiefschwarzen Dunkelheit aufkam.

22 *Vor zehn Jahren...*

Verena schlug das dünne Bettlaken zurück. Die Luft aus dem geöffneten Fenster strich sanft über ihre Haut und sie bekam eine Gänsehaut. Neben ihr lag Drake, seine Brust hob und senkte sich gleichmäßig. Sie warf einen Blick auf die Uhr, es war kurz vor Mitternacht. Verena stand aus dem Bett auf und holte sich aus der Minibar eine Flasche Mineralwasser, dann drehte sie den Deckel auf, setzte sich den Flaschenhals an die Lippen und trank. Anschließend legte sie sich wieder auf das kühle Bettlaken. Die Luft war momentan einfach herrlich, es waren noch immer zwanzig Grad draußen, zudem war ein leichter Wind aufgekommen. Sie legte sich wieder hin und deckte sich mit dem Bettlaken zu. Einen Moment lang lauschte sie den regelmäßigen Atemgeräuschen von Drake, bis sie erneut in einen tiefen Schlaf fiel.

Verena wurde plötzlich von Schreien geweckt, von dumpfen Geräuschen und harten Schritte auf dem Flur. Sie drehte sich um, und atmete erleichtert auf, als sie Drake neben sich liegen sah. Auf einmal fielen draußen mehrere Schüsse, was zur Folge hatte, dass auch mehr Schreie zu hören waren. Verena rüttelte Drake aus seinem Tiefschlaf, doch dieser blickte sie nur schlaftrunken und verwirrt an.

»Was ist denn?«, fragte er.

»Wir müssen hier weg, und zwar schnell. Draußen sind gerade Schüsse gefallen!«

Wie auf ein Kommando hin ertönte eine erneute Salve von Schüssen. Drake richtete sich panisch auf.

»Wohin? Was sollen wir jetzt machen?«

Verena zeigte auf den Balkon.

»Da!«

Sie sprangen beide aus dem Bett und rannten zu der Glasschiebetür, die nach draußen führte. Vor der Zimmertür waren erneut laute Schritte zu hören, die nur wenig später verstummten. Danach erfolgte ein Klopfen, als ob ein Gewehrkolben gegen die Tür geschlagen wurde. Verena zog leise die Balkontür zurück und versteckte sich im hinteren Teil. Drake folgte ihr, und sie kauerten sich gemeinsam in eine Ecke. Unten sah Verena den Pool im Licht der Scheinwerfer. Es musste jetzt ungefähr zwei Uhr nachts sein, vielleicht auch schon halb drei. Sie versuchte, durch die Glastür die roten Leuchtziffern des Digitalweckers zu erkennen, schaffte das jedoch nicht. *Ein Stromausfall?*, schoss es ihr durch den Kopf. *Nein, dann wären die Lichter am Pool ebenfalls ausgeschaltet, dann wäre es überall stockdunkel.* Plötzlich hörte sie, wie die Tür aufgestoßen wurde und aus den Angeln flog. Anschließend ein Poltern, direkt vor ihnen im Raum. Verena blickte vorsichtig durch die Glaswand des Balkons und schätzte ihre Chancen ab, irgendwo unter ihrem Stockwerk unversehrt landen zu können. Sie gingen leider gegen null, und viel Zeit blieb ihnen nicht mehr. Das Zimmer wurde gründlich durchsucht, die Badezimmertür flog auf und knallte gegen das Waschbecken, das dabei zu Bruch ging. Ein ohrenbetäubender Lärm herrschte. Nun kamen die Schritte der Balkontür immer näher, bis diese ebenfalls aufgestoßen wurde. Kurze Zeit später hörte Verena einen Schuss und sah, wie Drake neben ihr zusammensackte. Aus einer Einschusswunde in seiner Brust floss unaufhörlich Blut, und nach einem letzten Stöhnen entwich jegliches Leben aus ihm. Verena spürte, wie Tränen in ihr aufstiegen, sie wandte ihren Blick von Drake ab und sah stattdessen in das Gesicht des Mörders. Sie erkannte ihn direkt wieder. Es war Riley Bingham! Er hielt das Gewehr genau auf sie gerichtet, zögerte jedoch.

»Schieß«, bat Verena ihn.

»Erschieß mich genauso wie ihn!«

Sie zeigte auf Drake. Riley hielt das Gewehr nun zielgerichtet auf sie, doch bevor er den Abzug betätigen konnte, sprang Verena vom Boden auf und schlug es ihm aus der Hand. Sie wusste nicht, warum sie das getan hatte – vermutlich hatte es der Moment einfach so hergegeben, und sie hatte nicht lange darüber nachgedacht. Die Waffe fiel auf den Fliesenboden, was einen lauten Knall erzeugte, der sicher auch noch im angrenzenden Zimmer zu hören war, doch das war Verena egal. Da das Gewehr auch außerhalb ihrer Reichweite war, kam sie selbst mit großer Anstrengung nicht heran, ohne Riley loslassen zu müssen. Er wandte all seine Kraft auf und bäumte sich unter ihr auf... mit Erfolg. Als er wieder frei war, robbte er sofort zu der Waffe, bekam sie zu fassen, richtete sie auf Verena und schoss. Die Kugel traf ihr Ziel - es war, als ob ihr rechter Arm explodieren würde, ein Schleier legte sich vor ihre Augen, und sie fiel in eine tiefe Ohnmacht.

Verena öffnete die Augen, die Sonne schien ihr genau ins Gesicht. Sie versuchte mühsam, sich zu orientieren, doch es gelang ihr einfach nicht. Ein unbeschreiblicher Schmerz holte sie in die Realität zurück. Die Quelle lag in ihrem rechten Arm. Sie richtete sich langsam auf und erspähte Drakes leblosen Körper neben sich. Die Einschusswunde befand sich mitten in der Brust. Als sie das sah, wurde ihr übel, und erneut stiegen ihr die Tränen in die Augen, denn jetzt konnte sie diese nicht mehr zurückhalten. Sie vergrub ihr Gesicht in den Armen und weinte hemmungslos. Als sie sich wieder einigermaßen beruhigt hatte, lauschte sie, doch da war nichts mehr zu hören. Totenstille, keine schweren Schritte mehr, keine Schreie, keine Schüsse. Verena horchte noch ein paar Minuten, erhob sich dann schwerfällig und schritt vorsichtig in das Zimmer. Dort herrschte ein einziges Chaos: das Waschbecken lag in seinen Einzelteilen auf dem Teppichboden, und das Badezimmer war nahezu überflutet. Verena wollte nur noch raus, raus aus diesem Raum, raus aus diesem Hotel, raus aus diesem Leben. Sie öffnete die Tür, und es war ihr plötzlich vollkommen egal, ob sie dabei sterben würde; sie forderte es nahezu heraus. Auf dem Flur bot sich ihr ein Bild des Grauens. Die ehemals weißen Wände waren über und über mit Blut beschmiert, und der Flur von Leichen übersät. Sie erkannte John Landcoast, den Arzt, in ihrer Nähe. Sein Kopf lag auf dem Teppich, daneben seine zerbrochene Brille, und seinen Oberkörper samt Beine entdeckte Verena ein Stück weiter den Flur entlang. Seine Arme fehlten, und außerdem waren anstelle seiner Augäpfel nur noch leere Höhlen zu sehen. Verena wandte ihren Blick ab, doch sie konnte ihre Übelkeit nicht mehr unterdrücken. Sie drehte sich um und erbrach sich auf eine der Leichen. Sie hustete und keuchte, bis ihr Magen komplett geleert war. Dann röchelte sie und versuchte, ihr Gleichgewicht zu halten. Es gelang ihr erst, nachdem sie sich an der Wand abstützte, und nach einiger Zeit war sie so weit, dass sie ihren Weg fortsetzen konnte. Sie wollte nur noch weg von den Leichen, weg von dem Stockwerk, weg von dem Hotel. Doch selbst, als sie das

Treppenhaus betrat, nahm das Elend kein Ende - denn auch dort lagen überall Leichen verstreut. Verena versuchte ihren Blick Richtung Decke zu halten, doch es gelang ihr nicht. Sie musste schließlich aufpassen, dass sie nicht über einen der verstreuten Körper stolperte, weshalb sie ab und zu gezwungenermaßen ihren Kopf senkte. Sie rannte die Stufen hinunter, hielt sich am Geländer fest und erreichte schließlich das Erdgeschoss. Sie lief an der Rezeption vorbei, sah eine offene Luke im Boden, schenkte dieser jedoch keine Beachtung. Sie wollte nur noch raus. Auch der edle Marmorboden war gesäumt mit verrenkten Körpern, Blut und abgerissenen Körperteile. Außerdem herrschte ein wirklich fürchterlicher Gestank. Verena versuchte, nur noch durch den Mund zu atmen, doch es gelang ihr nicht wirklich. Sie wusste nicht warum, aber plötzlich kam ihr ihr Bruder in den Sinn. Ihr Bruder, den sie schon seit so vielen Jahren nicht gesehen hatte. Ihr Bruder, der nach dem Mord an ihrer Tante im Gefängnis gelandet war. Sie dachte an Joseph Randolphs, der nun wahrscheinlich irgendwo in einer psychiatrischen Anstalt vor sich hinvegetierte. Er hatte nichts für diese Vorfälle gekonnt. Er hatte seine Eltern schließlich nicht umgebracht.

23

»Nein!«, schrie Blake, doch es war bereits zu spät.

Stille herrschte. Keiner sagte mehr etwas, alle waren zu sehr geschockt. Marc schaltete seine Taschenlampe an und leuchtete in die Dunkelheit unter ihnen. Dort lag Joseph, in ungefähr vier Metern Tiefe, und stöhnte schmerzverzerrt auf. An der Seite sah Marc Treppenstufen, die denen einer Leiter ähnelten.

»Wir müssen da runter!«, keuchte er nur, wartete aber gar keine Antwort ab, sondern stieg bereits auf die erste Leiterstufe.

»Joseph!«, schrie Blake.

»Bist du in Ordnung?«

Aus der Tiefe erklang nur ein dumpfes Keuchen und rasselnder Atem, aber bei Bewusstsein schien Joseph nicht zu sein.

»Er antwortet nicht.«

Blake sprach das Offensichtliche aus, doch Marc konnte ihr nicht zuhören, denn er befand sich bereits sieben Stufen tief in dem Loch. *Immer weiter in die Dunkelheit.* Marc zitterte, denn es fiel ihm schwer, sich an dem Rohr, welches er als Geländer benutzte, festzuhalten. Wenig später hatte er Joseph endlich erreicht, und hörte nun von oben Jays Stimme:

»Alles okay bei dir, Marc? Wir haben unsere Handys nicht dabei, Danny und Neal gehen zum Auto und rufen einen Notarzt. Blake kommt in der Zeit zu dir, und ich und David durchsuchen das Haus und schauen, ob wir einen Erste-Hilfe-Koffer oder sowas finden.«

Marc hörte ihm gar nicht richtig zu, verstand aber dennoch das Wichtigste. Ein Erste-Hilfe-Koffer würde hier nicht mehr weiterhelfen, das wusste er. Dennoch sagte er knapp:

»Okay.«

Oben wurden noch ein paar weitere Dinge besprochen, bevor Blake zu ihm hinunterkletterte. Erst jetzt, als Marc sich auf seine nähere Umgebung konzentrierte, fiel ihm der Gestank auf. Er rümpfte die Nase und drehte sich zu Joseph um, da sah er einen nassen Fleck zwischen seinen Beinen. Joseph hatte sich eingenässt - das war kein gutes Zeichen, das wusste er. Blake stand auf der letzten Treppenstufe und Marc reichte ihr seine Hand entgegen. Sie ergriff diese und stieg dann hinunter zum Boden.

»Was ist das?«, fragte sie angewidert.

»Der Gestank? Er hat sich eingenässt.«

Blake ging in die Knie und begutachtete Joseph nun genauer. Auf einmal schlug dieser die Augen auf, sagte jedoch zunächst kein Wort.

»Joseph! Du lebst!«, sagte sie.

Keine Antwort, nur ein leises Stöhnen und ein glasiger, abwesend wirkender Blick.

»Kannst du deine Beine bewegen?«

Keine Regung, kein Stöhnen. Er probierte es nicht einmal.

»Joseph?«

»Ja.«

Das erste Wort, das er seit seinem Sturz gesprochen hatte.

»Kannst du dich aufrichten? Dich *bewegen*?«, fragte Blake nervös.

»Glaube nicht.«

Keine Bewegung. Nichts. *Was, wenn er gelähmt ist?*, fragte Marc sich. *Was sollen wir dann machen?*

»Nein. Meine... Beine... ich spüre sie nicht mehr.«

»Oh nein«, murmelte Blake bestürzt.

Joseph hörte es allerdings nicht mehr, denn direkt nach seinen letzten Worten war er das zweite Mal in Ohnmacht gefallen.

»Komm«, sagte Jay.

»Ich habe kein gutes Gefühl dabei«, murmelte David.

»Warum?«

»Na wegen Joseph. Aber lass uns jetzt nicht darüber sprechen.«

Als sie die Mitte des Flurs erreicht hatten, fragte David mit zitternder Stimme:

»Wo wollen wir denn überhaupt hin? Nach oben oder in dieses Stockwerk?«

»Erst einmal nach oben.«

Sie stiegen die knarrenden Treppenstufen hinauf und erreichten schließlich den oberen Abschnitt. Davids Herzschlag beschleunigte sich immer mehr, deshalb versuchte er, normal ein- und auszuatmen, doch das gelang ihm nicht. Er wurde stattdessen immer nervöser. Seine Knie zitterten, und seine Hände waren schweißnass.

»Lass uns eine kurze Pause einlegen«, keuchte er.

»Ich glaube, ich kann mich nicht mehr lange auf den Beinen halten.«

David wollte sich setzen, doch plötzlich wurde alles schwarz vor seinen Augen. Er kippte nach hinten und stürzte die Treppe hinunter.

Blake und Marc hörten das Poltern zur gleichen Zeit. Sie blickten einander verwirrt an, bevor Marc nervös rief:

»Alles in Ordnung bei euch?«

»Nein«, antwortete Jay knapp.

»David ist gerade bewusstlos geworden. Er ist die Treppe hinuntergestürzt.«

»Glaubst du, er ist verletzt?«

»Nein, so schlimm war der Sturz auch wieder nicht.«

Trotz der Selbstsicherheit, die er zumindest versuchte, an den Tag zu legen, schwang Unsicherheit in Jays Stimme mit. Marc ließ die Situation auf sich wirken - so lange, bis er David plötzlich laut aufschreien hörte.

24

Ein kalter Wind wehte im Wald und die Baumkronen raschelten, genauso wie das Blattwerk unter seinen Füßen, wenn er sich bewegte. Vereinzelte Äste, Dornensträucher und Dickicht. Tiefer Wald. Vor sich sah er das Haus... es kam ihm bekannt vor, aus seiner letzten Vision. Doch dieses Mal war er ganz alleine. Zumindest glaubte er das, denn die anderen waren nicht in seiner Nähe. Es erschien ihm sogar logisch, wie alles in diesen speziellen Träumen, die man manchmal hatte. Man machte sich dann niemals Gedanken über die Situation in der man steckte, man wusste einfach, was Sache ist. So wie auch jetzt. Das Haus kam immer näher und seine Bewegungen wirkten irgendwie wie ferngesteuert. Er wusste instinktiv, was er zu tun hatte. Den Auftrag zu erfüllen, und wenn es das Letzte war, was er tat. Zu töten, für das Haus. Niemand durfte es je wieder lebendig verlassen. Mittlerweile war er auf dem Absatz angekommen und stand direkt vor der Haustür, die von einem goldenen Knauf geziert wurde. Er tat einen Schritt nach vorne, dann legte er seine Hand auf den Knauf und drehte ihn. Das Quietschen, das Rascheln... so vertraut. Alles hier waren vertraute Geräusche. Langsam bogen sich die Bretter unter seinen Füßen, und vor sich entdeckte er Jay. Dieser saß auf der oberen Treppenstufe, sein Körper sah seltsam verrenkt aus, und er lag in einer Blutlache. Als er ihn genauer ansah, registrierte er das Messer, welches in seinem Hals steckte. Aber es kümmerte ihn nicht, er ging einfach weiter. Nach oben, vorbei an dem leblosen Körper, hin zu der Tür im oberen Stockwerk. Hier war er schon einmal gewesen, vor vielen Jahren. Der Ursprung lag in seiner Kindheit. Und er merkte, dass das, was er nun sah, kein Traum mehr war, sondern, dass er gerade die Realität durchlebte. Als er Blut an seinen Händen erblickte, schrie er erneut panisch auf, noch lauter als vor zehn Minuten, als alles seinen Anfang genommen hatte. Als er, geplagt von schrecklichen Erinnerungen und grausamen Bildern, aufgesprungen und in den Wald gerannt war. Kurz, nachdem er Jay das Messer in den Hals gerammt hatte, weil er sich nicht mehr unter Kontrolle gehabt hatte. Er war krank. Er war besessen. Der Teufel steckte nach all den Jahren noch immer in ihm.

25 *Vor vielen Jahren...*

Ich wusste nicht, was ich tun sollte, und ich wusste nicht, wer meine Eltern umgebracht hatte. Dämonen, Geister, der Teufel. Anders konnte ich es mir nicht erklären. Oder war ich es doch selbst gewesen? Plötzlich sehnte ich mich nach meiner Schwester, die ich schon so lange nicht mehr gesehen hatte. Ich konnte mich zwar kaum noch an sie erinnern, fühlte mich aber dennoch zu ihr hingezogen. Vor fünf Jahren, ich war damals drei Jahre alt, war sie mir weggenommen worden, einfach so. In ein Waisenhaus gesteckt, denn meine Eltern konnten damals die Kosten für zwei Kinder nicht stemmen. Tränen stiegen in meine Augen und plötzlich spürte ich einen Kloß von der Größe eines Felsbrockens in meinem Hals. Ich musste es einfach rauslassen, also weinte ich still vor mich hin. Immer noch saß ich auf dem Holzboden, ob schon mehrere Tage oder nur wenige Stunden vergangen waren, konnte ich nicht sagen, ich hatte mein Zeitgefühl komplett verloren. Ich wusste nicht einmal mehr, wie lange ich bewusstlos gewesen war, geschweige denn, wie lange ich mich in dem Keller befand. Ich hatte keinen Kontakt zur Außenwelt und wusste nicht, was ich tun sollte. Es befand sich kein Telefon im Haus, die einzige Möglichkeit wäre, das Anwesen zu verlassen und zur Straße zu rennen, um dort auf Hilfe zu hoffen. Aber ich konnte es nicht, ich wollte meine Eltern nicht verlassen, jetzt noch nicht. Ich stand auf und ging in den Raum hinein, der gegenüber von dem Schlafzimmer meiner Eltern lag. Wir hatten ihn als Küche genutzt, obwohl er eher einer Abstellkammer glich. Es war dunkel und ich wollte den Lichtschalter betätigen, doch der

Strom war wohl wieder ausgefallen. Aber es interessierte mich nicht, es war mir egal. Ich setzte mich in die Dunkelheit und zog die Tür zu, es war extrem stickig und warm in dem Raum. Ich hörte das Pochen in meinen Schläfen, das Blut, welches durch meine Ohren rauschte. Und spürte das... Adrenalin. Nur woher? Bald würden sie mich schon hier rausholen. Irgendwie. Hoffentlich.

26

Danny und Neal verließen hastig das Haus. Danny hielt das Funkgerät, welches Jay ihm gegeben hatte, fest in seiner Hand. Jay brauchte es nicht, da er sich noch mit David im Haus aufhielt, und dieser selbst eines bei sich trug. Sie gingen nun in Richtung der Parkbucht, zu der Stelle, an der sie die Autos geparkt hatten. Die Blätter raschelten unter ihren Füßen und der kühle Wind sorgte dafür, dass Danny fröstelte. Normalerweise schwitzte er eher bei diesen Temperaturen, aber heute war schließlich nichts normal. *Wir sollten so schnell wie möglich wieder zu den anderen zurück*, dachte er. Er fühlte sich nicht wohl in diesem seltsamen dunklen Wald, da nützte auch Neals Anwesenheit nichts. Wenig später hatten sie die Parkbucht, in der beide Autos hintereinander geparkt standen, erreicht. Neal blieb dicht hinter ihm, auch er wirkte irgendwie nervös.

»Wo hast du denn dein Handy gelassen?«, fragte er nun Danny.

»Müsste auf der Mittelablage liegen. Aber...«

Er klopfte seine Hosentaschen ab und wurde plötzlich ganz blass.

»Was... was ist denn los?«, fragte Neal aufgeregt.

»Mein Schlüssel. Er ist verschwunden.«

»Was? Das kann doch nicht sein. Bist du sicher, dass du ihn überhaupt eingesteckt hast? Oder ist er vielleicht noch im Auto?«

Danny überlegte einen kurzen Moment, dann sagte er:

»Nein. Das kann eigentlich nicht sein. Ich bin mir ziemlich sicher, dass...«

»Glaubst du es oder weißt du es ganz genau?«, bohrte Neal nach.

Er wirkte unsicher und nervös.

»Vielleicht...«, setzte Danny an, hörte jedoch plötzlich ein Geräusch hinter sich.

Er wirbelte herum, doch er konnte in der Dunkelheit hinter ihnen nichts erkennen. Keine Umrisse, nichts.

»Was war das?«, flüsterte Neal erschrocken.

»Ich weiß es nicht.«

Danny versuchte, sich zu konzentrieren und seine Umwelt auszublenden. *Wo, zum Teufel, habe ich den Schlüssel bloß hingetan?*, fragte er sich. *Habe ich ihn vielleicht verloren? Nur wo...? Ich muss ihn verloren haben, irgendwo im Wald.* Dannys Magen drehte sich um. Er wusste, wenn er ihn wirklich verloren hatte, würde er ihn in der Nacht mit ziemlicher Sicherheit nicht wiederfinden können.

»Lass uns das Fenster mit irgendetwas einschlagen. Ich muss den Schlüssel wohl verloren haben, und in der Dunkelheit finden wir ihn garantiert nicht so schnell wieder.«

Ohne etwas zu sagen, wandte Neal sich ab und taxierte mit seinen Augen die Umgebung. Sein Blick blieb schließlich an einem Ast hängen, der ziemlich dick war. Er ging zu ihm und hob ihn vom harten Waldboden auf.

»Denkst du der Ast hier reicht?«

Danny schwenkte seine Taschenlampe in Neals Richtung. Er zitterte, das sah Danny schon von Weitem. *Er ist nervös, genauso nervös, wie ich. Kein Wunder.*

»Ja, der sollte von der Größe her locker reichen.«

Neal wuchtete den Ast hoch und trug ihn in Dannys Richtung. Dieser nahm ihn entgegen, holte damit aus, und versuchte dann, die Scheibe zu treffen. Mit Erfolg. Sie zerbrach in viele kleine Scherben, die auf die Sitze fielen. Danny leuchtete in den Innenraum des Autos; auf dem Fahrersitz lagen viele Scherben, doch von dem Handy war nichts zu sehen.

»Wo ist es denn?«, fragte Neal.

»Irgendwo muss es doch sein.«

Danny versuchte nun, durch die offene Windschutzscheibe in das Innere des Autos zu gelangen.

»Halte mal, bitte.«

Er reichte Neal die Taschenlampe, während er sich seinen Weg durch die Scherben bahnte. Er blieb dabei an einem spitzen Stück Glas hängen, riss sich den Stoff seiner kurzen, khakifarbenen Hose auf und erzeugte eine tiefe Wunde in seinem Oberschenkel. Danny schrie schmerzerfüllt auf.

»Scheiße!«

Instinktiv griff er sich an die Wunde. Seine Hose war an der Stelle bereits blutdurchtränkt, und er biss sich auf die Zähne. Allen Umständen zum Trotz versuchte er, durch die offene Scheibe zu klettern. Er erreichte den Innenraum, leuchtete hektisch die nähere Umgebung ab, konnte sein Handy aber partout nicht finden. Das Einzige, was er sah, war der Autoschlüssel. Er steckte noch immer in der Zündung.

»Das Handy kann ich nicht entdecken«, keuchte Danny.

»Aber dafür den Autoschlüssel. Er steckt noch.«

Neal kam nun etwas näher heran.

»Okay. Brauchst du Hilfe?«

»Nein. Ich will nur dieses Handy unbedingt finden. Es muss doch irgendwo hier sein.«

Ächzend und stöhnend versuchte er weiterhin, ins Auto vorzudringen, und schaffte es schließlich, nachdem er sich ein weiteres Mal die Hose aufgerissen hatte. Er zog den Schlüssel aus dem Schloss und steckte ihn in seine Hosentasche, danach öffnete er das Handschuhfach und fand dort endlich, was er die gesamte Zeit über gesucht hatte: das Handy! Er öffnete die Fahrertür und stieg aus dem Auto.

»Ich habe es.«

Er zeigte Neal stolz das Mobiltelefon.

»Sehr gut. Hast du hier Netz?«

Danny betätigte den Knopf zum Einschalten. Das Display leuchtete so hell auf, dass Danny kurz die Augen zusammenkneifen musste. Danach öffnete er sie wieder und sagte:

»Nein. Absolut keinen Empfang.«

»Scheiße«, murmelte Neal.

»Was machen wir denn jetzt?«

»Wir müssen uns eine andere Stelle suchen.«

Neal seufzte.

»Wirklich? Gibt es denn keine andere Möglichkeit?«

Danny sah ihn eindringlich an.

»Neal, wir können da nicht zurück, ohne Hilfe zu holen. Joseph liegt da drin, er ist schwer verletzt und auf einen Notarzt angewiesen.«

Danny sah Neal einen Augenblick lang an. Schließlich senkte dieser seinen Blick und murmelte:

»Okay, du hast ja recht.«

Sie sagten einen Moment lang nichts, und es war totenstill im Wald. Als Danny jedoch auf einmal das Rascheln von Blättern auf dem Boden hörte, drehte er sich ruckartig um. Er leuchtete seine Umgebung ab... und entdeckte Larry. Dieser sah wirklich schlimm aus. In seiner rechten Hand hielt er ein Küchenmesser fest umklammert, Blut klebte an der Klinge. Offenbar war die Waffe, die Danny ihm zuvor abgenommen hatte, nicht die Einzige, die er bei sich getragen hatte. Seine Haare standen ihm vom Kopf ab, und er atmete hektisch und ungleichmäßig.

»Was geht hier vor?«, fragte Neal schockiert.

Seine Stimme zitterte und seine Worte klangen mehr als nur nervös.

»Ich muss euch umbringen«, sagte Larry.

Danny ging ein paar Schritte zurück und hob den dicken Ast auf, mit dem sie zuvor die Windschutzscheibe des Autos eingeschlagen hatten. Er legte das Handy vorsichtig auf den Waldboden.

»Leg sofort das Messer weg.«

Danny verkrampfte seine Hände weiterhin um den dicken Ast.

»Nein«, sagte Larry und kam unaufhaltsam auf die beiden zu.

Neal stand da wie in Schockstarre. Er war unfähig, sich auch nur einen Millimeter zu rühren, und blickte Danny bloß mit großen Augen an. Larry ließ das Messer nicht fallen und kam bedrohlich näher.

»Ich sage es dir ein letztes Mal...«

Mehr musste Danny nicht tun, denn plötzlich kippte Larry unter einem letzten Schrei nach vorne auf den Boden. Erst wenige Sekunden später bemerkte Danny, dass ein Messer aus dessen Hals herausragte. Larry keuchte und spuckte Blut auf den Boden. *Wer war das?*, fragte er sich. *Wer hat ihn umgebracht?* Er blickte hoch und sah plötzlich eine Person, deren Anblick ihm bekannt war. Er konnte ihn zwar in der Dunkelheit nur schwer erkennen, aber es war eindeutig David, der vor ihm stand. Oder besser gesagt das, was von ihm noch übriggeblieben war. Denn das, was gerade vor ihm stand, war nicht mehr David, sondern eindeutig der Teufel in Menschengestalt.

27 *Vor fünf Jahren...*

Es klopfte an der Zimmertür. David blickte auf.

»Ja?«

Die Tür öffnete sich und sein Bruder kam herein. David musterte Steve eindringlich, er trug einen weißen Pullover und eine kurze, braune Hose. Steve war acht Jahre älter als David, er hatte vor einem halben Jahr die Fahrprüfung bestanden und seinen Führerschein bekommen. Seitdem hatten sie an den Wochenenden schon so einiges gemeinsam unternommen, und auch heute hatten sie wieder eine Spritztour geplant. Sie wussten nur noch nicht, wohin, aber David wusste, dass es Steve eigentlich auch gar nicht um das Ziel ihrer Tour ging. Ihm ging es nur um das Fahren an sich, denn er genoss es jedes Mal aufs Neue, wenn er das Dach seines Cabrios, welches er zum achtzehnten Geburtstag von ihren Eltern geschenkt bekommen hatte, öffnen konnte und der warme Fahrtwind um seinen Kopf wehte.

»Bist du bereit?«, fragte Steve nun und grinste breit.

»Klar. Wohin wollen wir denn heute?«

»Hm. Das können wir uns ja immer noch im Auto überlegen.«

»Wie immer«, erwiderte David.

»Richtig. Also, lass uns losfahren.«

Sie verabschiedeten sich von ihren Eltern und erreichten durch das Treppenhaus die Garage. Steve öffnete die Tür, setzte sich auf den Fahrersitz, startete den Motor und fuhr dann rückwärts auf die Straße. Danach öffnete David die andere Tür und stieg auf den Beifahrersitz. Währenddessen öffnete Steve das Dach und setzte sich seine Sonnenbrille auf. Sie verließen den Hof und steuerten nun die Straße an. Anschließend fuhren sie nach rechts, in Richtung der Wälder. *Seine Lieblingsstrecke*, dachte David. Er kannte sie schon so gut wie auswendig. Steve legte an Tempo zu und David achtete auf die rote Tachonadel, die schon bald die achtzig Meilen erreicht hatte. Die Landschaft zog an ihnen vorbei und der Fahrtwind wehte um ihre Köpfe. Es war warm, ein typischer Sommertag in den Wäldern. Das dichte Blätterdach schirmte die Sonnenstrahlen über ihren Köpfen ab, und nur noch einige wenige bahnten sich ihren Weg und strahlten auf den spröden Asphalt, der an einigen Stellen bereits aufgerissen war. Dennoch war die Straße alles in allem ganz in Ordnung, denn sie war fahrbar, und das war das Wichtigste. Es ruckelte zwar ab und zu unter ihnen, aber es hielt sich in Grenzen. Steve behielt sein Tempo bei. Weit und breit waren keine anderen Autos zu sehen, die Straße war wie leergefegt. *Ist ja auch Sonntag,* dachte David. *Kein Wunder.* Ihre Touren machten sie nämlich immer nur sonntags, denn dies war der einzige Wochentag, den Steve sich extra freihielt. Von Montag bis Freitag musste er arbeiten und an den Samstagen ging er oftmals feiern. An den Sonntagen langweilten sie sich meistens, es gab einfach nichts an diesen Tagen, dass man tun konnte, außer die Landschaft zu genießen, so, wie sie es gerade taten. Die leicht schwüle Luft roch angenehm nach Wald; der Geruch kam von den Tannen und David liebte ihn. Nach einigen Meilen bog Steve rechts ab, denn er musste tanken, die Nadel auf der Benzinanzeige schwankte im roten Bereich. Wenig später steuerte er bereits den *Road Stop* an. Steve stieg aus dem Auto, öffnete den Tankdeckel und steckte den Zapfhahn in die Öffnung. Währenddessen ging David ins Innere des kleinen Ladens und betrachtete dort die Auslage. Er verspürte ein leichtes Magen-knurren und überlegte, ob er sich vielleicht einen Schokoriegel oder ein fertiges Sandwich holen sollte. Er entschied sich gera-de für Letzteres, als Steve im Laden erschien. Er bezahlte die Rechnung für die Tankfüllung und auch Davids Sandwich. Da es nicht in der Kühlung gelegen hatte, fühlte es sich durch die Plastikverpackung weich und matschig an, die Mayonnaise war an den Seiten bereits herausgelaufen. Es sah nicht wirk-lich appetitlich aus, aber David schmeckte es trotzdem. Er legte die Plastikverpackung auf den Boden vor seinen Füßen und wischte sich mit einem Taschentuch die Mayonnaise vom Mund. Im Handschuhfach befand sich noch eine Dose Cola, und obwohl sie nicht gekühlt war, öffnete David sie und trank. Dann reichte er sie weiter an Steve, und dieser verlangsamte für kurze Zeit sein Tempo und trank ebenfalls einen Schluck. David stellte sie danach auf die Mittelablage und verlor sich wieder in der Umgebung. Es gab einfach so viel zu sehen - jedes Mal aufs Neue. Und wenn es bloß der tiefe Wald war, der seine Geheimnisse verbarg, es wurde trotzdem nie lang-weilig. Ab und zu sah David sogar ein Reh, er freute sich im-mer, wenn er ein Tier entdeckte. Plötzlich verlangsamte Steve den Wagen und steuerte eine Parkbucht an.

»Sieh mal«, sagte er.

Er zeigte auf etwas im tiefen Wald und David wusste sofort, was er meinte. Er hatte es schon oft wahrgenommen, während sie daran vorbeigefahren waren. Ein Haus, tief im Wald! Es war nicht viel größer als eine Hütte und lag im dunklen Schat-ten der hochgewachsenen Bäume.

»Ein Haus?«, fragte David, obwohl er die Antwort bereits wusste.

»Genau. Hättest du Lust zu einem kleinen Abstecher?«

»Da rein?«

Steve zog eine Augenbraue hoch.

»Na klar, warum nicht?«

David wurde allerdings mulmig bei dem Gedanken daran, dieses Haus zu betreten. Es sah so verlassen, alt und unheimlich aus.

»Guck dir das doch nur einmal an. Und jetzt komm mir nicht mit einer Mutprobe oder so was. Ich gehe da bestimmt nicht rein.«

»Aber warum denn nicht?«

»Habe ich doch eben schon gesagt.«

David verschränkte nun die Arme vor der Brust.

»Hast du etwa Angst?«

Steve blickte ihn herablassend an. Diesen Blick hasste David, und sofort stieg Wut in ihm hoch.

»Guck mich bitte nicht so an, okay?«

Er stockte kurz, und sagte dann:

»Und nein, ich habe keine Angst. Wir können gerne in das Haus rein, wenn du unbedingt willst.«

Steve grinste.

»Okay, dann lass uns gehen.«

David sah ihn unsicher an. *Er will mich bestimmt nur testen*, dachte er. *Er will sehen, wie weit ich gehe.* David überlegte kurz. *Was soll schon in diesem Haus sein?* Es sah zwar unheimlich aus, stand aber bestimmt einfach nur leer. Steve würde ihm ein paar Streiche spielen, aber ansonsten würde nichts passieren. *Warum also nicht?*, fragte er sich. *Vielleicht wohnt da ja auch jemand.* Steve stieg aus dem Auto aus und David folgte ihm. Tiefer in den Wald hinein, immer näher zu der schattigen Stelle, an der das Haus lag. David wurde immer nervöser, obwohl er nicht wusste, warum. *Was ist denn nur mit mir los? Es ist nur die Aufregung.* Es musste einfach die Aufregung sein, etwas anderes konnte sich David nicht vorstellen.

»Alles okay?«, erkundigte sich Steve.

»Wir müssen da nicht hin, wenn du nicht willst...«

»Doch, alles in Ordnung.«

David rang sich mühsam ein Grinsen ab. Es wirkte unsicher, aber Steve nahm es ihm offenbar ab, denn er sagte:

»Na dann komm.«

Sein Grinsen wurde immer breiter. David folgte ihm in den Wald hinein, und wenig später hatten sie bereits das Haus erreicht. Er betrat die erste Stufe, die unter seinem Gewicht ächzte. Er zuckte zusammen, was Steve anscheinend gar nicht bemerkte. *Reiß dich zusammen*, dachte er. *Wenigstens jetzt.* Steve öffnete die Tür, ohne vorher auf die Klingel zu drücken. *Er geht davon aus, dass sowieso keiner zu Hause ist.* David hatte ehrlich gesagt auch nichts anderes erwartet. Er folgte Steve hinein in die Dunkelheit; unter ihnen waren leise die Holzbretter zu hören, die mit jedem Schritt quietschten und knarrten. Plötzlich ragte etwas vor ihnen in der Dunkelheit auf. Es war eine Wendeltreppe.

»Ich gehe mal nach oben und schaue mich dort um«, meinte Steve.

»Bleib du in der Zeit hier unten.«

Seine Tonlage zeigte, dass er keinen Widerspruch dulden würde. Er deutete auf das Ende des Korridors in der Etage, in der sie sich gerade befanden: zwei Türen waren zu sehen, eine auf der linken und eine auf der rechten Seite. David wurde immer mulmiger zumute, und seine Knie begannen zu zittern. *Was befindet sich wohl hinter diesen Türen?*, fragte er sich. Einerseits war David sehr neugierig. Ein leerstehendes, unheimlich wirkendes Haus mitten im Wald, damit begannen viele Horrorfilme. Aber das trieb ihm dann gleichzeitig wieder die Schweißperlen auf die Stirn, und die Unsicherheit, die Nervosität und vor allem die Angst kehrten schlagartig zurück.

»Geht schon in Ordnung«, sagte er dennoch.

Er musste stark sein, er durfte sich keinesfalls vor seinem Bruder blamieren. *Sonst zieht er mich garantiert noch monatelang damit auf*, dachte er. *Und das darf ich nicht zulassen.*

»Wirklich?«, hakte Steve nach.

»Klar.«

David rang sich ein gequältes Lächeln ab.

»Alles klar. Wir treffen uns später dann wieder hier.«

Ohne ein weiteres Wort zu sagen, stieg Steve die Treppenstufen hoch. Jede einzelne knarrte unter seinem Gewicht, und für einen kurzen Moment dachte David, dass die morschen Stufen unter dessen Gewicht nachgeben würden. Doch sie hielten das Gewicht von seinem Bruder tatsächlich aus. David atmete erleichtert auf und startete seinen Weg, immer weiter hinein in das Innere des Hauses. An einer Stelle bogen sich die Bretter unter seinen Füßen noch mehr als an den anderen, aber auch seinem Gewicht hielten sie stand. Schon bald hatte er das Ende des Flurs erreicht. *Links oder rechts?*, fragte er sich. Er legte seine Hand auf die kalte Messingklinke zu seiner Rechten. Seine Hände waren bereits schweißnass und ihm war unfassbar heiß, weshalb er ein Taschentuch aus seiner Hosentasche kramte und sich zunächst seine Stirn und dann seine Hände trocken wischte. Danach steckte er es wieder weg. Es hatte allerdings nicht besonders geholfen, denn ihm war immer noch heiß. Allgemein war die Luft im Haus eher stickig, obwohl nur wenig Licht durch die Lücken im Holzverschlag ins Innere drang. David drückte nun die Klinke hinunter und stieß dabei auf keinen Widerstand. Die Tür öffnete sich fast lautlos, und ein kleiner Raum tat sich vor ihm auf. Im Inneren herrschte zwar keine vollständige, aber doch schon eine fortgeschrittene Dunkelheit. David kniff daraufhin seine Augen zusammen und versuchte, gegen die Schwärze anzukommen und etwas zu erkennen, selbst, wenn es nur Konturen waren. *Das wäre doch wenigstens etwas*, dachte er. Die Nervosität wich nun etwas von ihm, als er bemerkte, dass er ganz alleine in dem Raum war. Aber augenscheinlich gab es auch hier nichts zu entdecken, genau, wie er es erwartet hatte. Das Einzige war ein Tisch am anderen Ende des Raums. Er verließ das Zimmer deshalb wieder und öffnete jetzt die gegenüberliegende Tür. David kniff die Augen zusammen, denn hier war es auf einmal gleißend hell. Er musste sich zunächst einmal an die Helligkeit gewöhnen, was einige Momente dauerte, und öffnete die Augen erst danach wieder. Der Raum war etwas größer als der, in dem er sich noch wenige Augenblicke zuvor aufgehalten hatte. David ließ seinen Blick schweifen und traute seinen Augen nicht. *Was ist denn das?*, fragte er sich verblüfft. Mitten im Raum saß ein Wesen – es wirkte so, als würde es nicht von dieser Welt abstammen. David blinzelte mehrmals, um sich zu vergewissern, dass das, was er sah, auch wirklich der Realität entsprach. *Aber das kann doch nicht sein...*, dachte er. Dann hörte er plötzlich die Tür hinter sich ins Schloss fallen, drehte sich ruckartig um, und versuchte, sie einem Instinkt folgend wieder aufzudrücken. Aber vergeblich. David bekam es augenblicklich mit der Angst zu tun. *Was passiert hier gerade?*

Tausend Gedanken schossen ihm gleichzeitig durch den Kopf, doch keiner davon erschien ihm auch nur ansatzweise logisch. Er versuchte, all seine Kräfte zu mobilisieren und wandte sich erneut der Tür zu, doch er bekam sie einfach nicht auf. Panisch begann er jetzt, gegen das Holz zu klopfen, während er plötzlich einen leichten Stich im Nacken verspürte. Darauf folgte warmes Blut, welches langsam seinen Rücken hinunterlief. David wirbelte herum und merkte auf einmal, wie sich der Druck immer mehr verstärkte. Das Wesen befand sich nicht mehr in der Mitte des Raumes, es war plötzlich gar nicht mehr zu sehen. Auf einmal fiel jegliche Nervosität von David ab. Viel mehr verspürte er jetzt die Lust, zu töten. Er stieß die nun wieder geöffnete Tür auf und verließ hastig den Raum. In diesem Moment kam Steve die Treppenstufen hinuntergelaufen und rief:

»Alles klar?«

»Ja«, antwortete David.

Ein kurzes, trockenes *Ja*. Er verspürte ein seltsames Kratzen, überall an seinem Körper. Das Messer, welches sich immer noch in seinem Nacken befand, zog er unbekümmert heraus und wartete anschließend auf den richtigen Moment. Steve hatte mittlerweile den unteren Korridor erreicht und schritt auf David zu. Er sah ihm genau ins Gesicht und bemerkte deshalb das große, scharfe Messer nicht, welches David verkrampft festhielt. Steve schlug sich plötzlich die Hand vor den Mund und sagte:

»Was hast du denn gemacht?«

David blickte gleichgültig an sich herab und nahm nur verschwommen die Risse in seinen Klamotten wahr. Die Fetzen, die ihm am Leib hingen, waren allesamt blutgetränkt, das er-

165

kannte er sogar in der Dunkelheit. Er nahm außerdem noch diverse Schürfwunden an seinen Armen wahr, die er sich scheinbar selbst mit dem Messer zugefügt haben musste.

»Komm mit zum Auto. Von dort aus rufe ich einen Krankenwagen. Und währenddessen erzählst du mir bitte genau, was hier unten passiert ist.«

Steve klang nun lange nicht so selbstsicher und cool wie zuvor. Sein Gesichtsausdruck wirkte wie eingefroren.

»Nein«, antwortete David nur.

»Ich muss hierbleiben.«

»Was zur Hölle ist mit dir passiert?«, fragte Steve unsicher und ängstlich.

»Es ist das Haus!«

»Was ist damit?«

David antwortete darauf nicht mehr, stattdessen er zog das Messer langsam, fast in Zeitlupe hinter seinem Rücken hervor. Doch das, was nun passierte, geschah definitiv nicht mehr in Zeitlupe. Wie besessen rammte er das Messer immer wieder und wieder in den Körper seines Bruders, sah, wie die Sonnenbrille auf den herunterfiel, während Steve nur noch einen letzten Schrei von sich geben konnte, bevor er nach hinten auf den harten Holzboden stürzte. David setzte das Messer erneut an und schnitt ihm kurzerhand auch noch die Kehle durch, und das, obwohl Steve längst tot war. *Das Haus ist ein grauenvoller Ort*, dachte er. *Was hier wohl einst geschehen sein mochte... Aber jetzt gehöre ich komplett ihm.* David hatte keine Ahnung, was mit ihm geschehen war. Er wusste nur, dass das Wesen nun nicht mehr in diesem Haus, sondern in seinem Körper lebte. Er war besessen, er selbst war nun der Teufel. Aber nur an einem einzigen Ort auf dieser Welt. Nur in diesem

Haus.

28

»Was ist passiert?«, fragte Blake und drückte Marcs Hand.

»Ich weiß es nicht. Aber irgendetwas geht hier nicht mit rechten Dingen zu.«

Sie verstummten und hörten sich nach weiteren Geräuschen um. Nichts. Wenige Sekunden später jedoch fiel die Tür des Hauses zu. Marc blickte überrascht auf.

»Ich schaue mal eben nach, was da los ist. Warte du hier...«

»Nein«, unterbrach ihn Blake ängstlich.

»Ich kann nicht hierbleiben. Nicht allein.«

Blake sah ihn panisch an. In ihrem Blick lag pure Angst, kaum etwas war noch von dem Mädchen zu erkennen, in das er sich einst verliebt hatte. Das Mädchen, das er so gut kannte.

»Okay. Aber was ist, wenn etwas passiert ist?«

Plötzlich hörte Marc ein Stöhnen, und obwohl er genau wusste, von wem es stammte, zuckte er zusammen. Es war Joseph.

»Es ist das Haus«, sagte er nur. Seine Stimme klang brüchig.

»Was ist mit dem Haus?«, fragte Marc hektisch.

»Es ist wieder zum Leben erwacht.«

Blake sah Joseph an, dessen Augen flackerten.

»Was meinst du damit, Joseph?«

»Die Dämonen! Bringt euch in Sicherheit, mir könnt ihr sowieso nicht mehr helfen.«

»Nein«, widersprach ihm Blake.

»Wir können dich auf keinen Fall hier zurücklassen. Das geht doch nicht.«

»Ihr müsst es aber tun.«

Joseph sah Blake flehend an.

»Aber bevor ihr dies macht, müsst ihr mir einen Gefallen tun.«

»Wir werden dich nicht einfach hier zurücklassen, Joseph. Auf gar keinen Fall!«

»Doch. Bringt euch in Sicherheit, bevor es zu spät ist. Aber vorher müsst ihr mich umbringen.«

Marc versteifte sich, als er die letzten Worte hörte. War Joseph in seinem Zustand überhaupt noch zurechnungsfähig? War er noch Herr seiner Sinne? Andererseits war er schwer verletzt, das wusste Marc. Alle Anzeichen deuteten darauf hin, dass er querschnittsgelähmt war. Augenscheinlich wollte und konnte er so nicht mehr weiterleben. *Es wäre ein Segen für ihn, zu sterben.*

»Ich denke, er hat recht«, sagte Marc daher.

Blake sah ihn entgeistert an und sagte:

»Nein. Das... das können wir doch nicht machen.«

Marc sah, dass Blake mittlerweile am ganzen Körper zitterte und ihr Tränen in den Augen standen. Er ging zu ihr und legte einen Arm um sie.

»Es wird alles wieder gut. Wir kommen hier wieder raus. Allerdings können wir ihn hier nicht alleinlassen. Er...«

Marc stockte kurz, schluckte dann den riesigen Kloß in seinem Hals herunter und sprach dann weiter:

»...würde die Nacht nicht überstehen. Er braucht dringend ärztliche Hilfe. Irgendetwas muss noch passiert sein, sonst wären zum einen Danny und Neal schon längst wieder zurück und zum anderen hätte David nicht so geschrien. Wir sollten auf jeden Fall nachsehen gehen.«

»Aber wir können ihn doch nicht umbringen.«

Joseph, der bisher nur still zugehört hatte, sagte schwach:

»Blake.«

Er hustete.

»Ihr würdet mir damit meinen nun größten Wunsch erfüllen.«

Er hustete erneut.

»Bitte. Bringt euch in Sicherheit und überlebt.«

Er sprach nicht mehr weiter und verlor auch kurz darauf erneut das Bewusstsein. Marc sah Blake lange und eindringlich an. Sie konnte seinem Blick irgendwann nicht mehr standhalten und senkte ihren Kopf zu Boden, was Marc als Zeichen ihrer Einverständnis wertete.

»Wir müssen es tun.«

Ein paar Sekunden vergingen, bevor sie antwortete:

»Okay. Aber mach es schnell. Lass ihn nicht noch mehr leiden.«

Sie stockte.

»Womit...?«

Marc zog daraufhin das Taschenmesser, welches er immer bei sich trug, aus seiner Hosentasche.

»Mach es schnell, bitte.«

Marc schluckte, während Blake sich wegdrehte und sich der Treppe zuwandte. Einen Augenblick lang sah er den bewusstlosen Joseph an und es sah fast so aus, als ob sich seine Mundwinkel zu einem leichten Lächeln verzogen hätten. *Er will tatsächlich sterben*, schoss es Marc durch den Kopf. *Hier an dem Ort, an dem auch seine Eltern gegangen sind.* Trotzdem fühlte er sich bei dem Gedanken daran nicht wohl. Joseph hatte einen Teil, den vermutlich prägendsten Teil seiner Kindheit in diesem Haus verbracht. Und nun, viele Jahre später, sollte er hier sterben. Marcs Finger verkrampften sich um das Messer und er begann zu schwitzen. Trotz seines festen Griffes rutschte ihm das Messer aus der Hand und fiel klirrend zu Boden. Bla-

170

ke zuckte erschrocken zusammen und drehte sich vorsichtig zu ihm um.

»Was...?«

»Mir ist bloß das Messer runtergefallen«, kam Marc ihrer Frage hektisch zuvor.

Langsam, wie in Trance, bückte er sich danach und hob es auf. Er war jetzt nur noch auf Joseph fokussiert, ging zu ihm und bückte sich erneut. Er zitterte, hob langsam das Messer und überlegte, was er jetzt tun sollte. Er entschied sich für die einfachste Methode. Einen schnellen, gut platzierten Schnitt durch die Kehle. Danach wandte er seinen Blick ab, beachtete den leblosen Körper von Joseph nicht mehr und ging zurück zu Blake.

»Lass uns diesen Raum verlassen.«

Blake wollte sich umdrehen, doch Marc hielt sie zurück.

»Hör mir zu.«

Er nahm ihr Gesicht in beide Hände und sah ihr direkt in die Augen.

»Schau da nicht hin. Behalt ihn so in Erinnerung, wie du ihn kennengelernt hast.«

Marc küsste sie auf den Mund und er merkte, wie sich die Anspannung langsam von ihr löste. Sie blickte ihm ebenfalls ins Gesicht und lächelte sogar fast. Auch wenn es nur eine Andeutung war, es lenkte Marc wenigstens etwas von dem Grauen ab.

»Jetzt lass uns schnellstens von hier verschwinden.«

Sie stiegen nacheinander die Treppenstufen hinauf. Es erwies sich allerdings als schwierig, da Marc an mehreren Stellen einen großen Schritt machen musste, weil zwischendurch immer wieder mal eine Sprosse fehlte. Dadurch verlor er ab und zu

den Halt, aber da an der Wand direkt neben ihm ein Rohr verlief, konnte er sich daran festhalten. Etwa eine Minute später
hatte er die Öffnung, die nach draußen führte, erreicht. Sie
kletterten hinaus und begaben sich zur Tür. Diese war zwar
geschlossen, doch bevor Marc das Haus verließ, warf er noch
einen Blick die Treppe hinauf. Direkt danach schlug er sich
die Hand vor den Mund und seine Augen waren vor Schock
weit aufgerissen.

»Nein. Das… das kann nicht sein«, stammelte er vor sich hin
und stieg schnell die Stufen hinauf.

Blake konnte ihm nicht so schnell folgen, sie versuchte aber,
sein Tempo zu halten. Schon bald aber sah sie, was er
Schreckliches erblickt hatte. Auf der obersten Stufe befand
sich ein verrenkter, lebloser Körper. Es war Jay. Aus seinem
Hals ragte der Griff eines Messers, und zu seinen Füßen hatte
sich bereits eine Blutlache gebildet. Marc zog das Messer aus
ihm heraus, doch es kam jede Hilfe zu spät. Er war bereits tot.
Marc sank auf die Knie und wandte sich schluchzend ab.

»Lass uns mal kurz nachdenken.«

Er klang resignierend.

»David, Danny und Neal sind verschwunden, wahrscheinlich
irgendwo im Wald. Joseph und Jay sind bereits tot. Die Frage
ist nur: Wer hat Jay umgebracht?«

Blake, die ihm nur halb zugehört hatte, flüsterte:

»Schau mal.«

Sie deutete auf einen Gegenstand hinter Jay. Auch ohne Licht
konnte Marc erkennen, dass es sich dabei um eine Brille handelte.

»Zeig mal.«

Blake reichte sie Marc. Er drehte sie in seiner Hand hin und her, sie fühlte sich seltsam kalt an.

»Eine Sonnenbrille. Wie kommt die denn hier her? Sie gehörte auf keinen Fall David, Jay, Danny oder Neal, das ist sicher. Es muss sich also noch jemand anderes hier befinden.«

Marc stockte kurz, dann sagte er:

»Oder befunden haben. Vor uns.«

»Wir sollten die Räume durchsuchen. Vielleicht ist ja noch jemand hier.«

Marc sah Blake verunsichert an.

»Meinst du? Das würde aber doch eigentlich gar keinen Sinn ergeben. Wenn hier jemand wohnen würde, dann hätte sich derjenige doch schon längst bemerkbar gemacht, oder meinst du nicht?«

»Ich weiß es nicht. Aber lass uns doch erst einmal nach Danny, Neal und David Ausschau halten. Sie müssen schließlich irgendwo da draußen sein.«

Marc wollte erneut die Treppe hinuntergehen, doch Blake legte ihm eine Hand auf die Schulter.

»Warte.«

Langsam drehte er sich zu ihr herum.

»Lass uns vorher erst hier weitersuchen. Vielleicht finden wir ja noch weitere Hinweise.«

»Nein.«

Marc schüttelte den Kopf.

»Wir sollten zuerst die anderen suchen. Jay ist tot, und vielleicht sind auch sie in Gefahr.«

»Okay, du hast ja recht.«

Marc drehte sich wieder um und ging jetzt schnell die Treppe hinunter. Wenig später hatte er bereits die Haustür erreicht. Er legte seine Hand auf den noch warmen Knauf und drehte ihn langsam. Doch er konnte die Tür nicht öffnen, sie war anscheinend abgeschlossen. Marc probierte es erneut, dann noch mal energischer, doch die Tür ließ sich einfach nicht öffnen.

»Die Tür ist zu«, rief er.

»*Was?*«, fragte Blake ungläubig.

»Sie ist abgeschlossen!«

»Das kann doch nicht sein«, murmelte Blake entsetzt.

Sie hatte recht, es konnte nicht sein, denn wer sollte die Tür abgeschlossen haben? Es war unmöglich, und doch war es passiert: Sie waren in diesem Haus gefangen.

»Lass uns jetzt doch die anderen Räume kontrollieren. Es muss einen Ausweg geben.«

Eine andere Lösung fiel auch Marc nicht ein. Er versuchte immer noch, einen Zusammenhang zwischen den Dingen, die in den letzten Minuten passiert waren, herzustellen. Jay war tot, augenscheinlich ermordet. David, Danny und Neal waren verschwunden. Danny und Neal hatten zum Pontiac zurückgehen und versuchen wollen, einen Krankenwagen zu erreichen. Marc wusste nicht, wie lange dies schon her war. *Vielleicht eine halbe Stunde*, vermutete er. *Aber wahrscheinlich eher mehr.* Seitdem waren sie nicht wieder zurückgekehrt, und David... Marc konnte die Vorstellung nicht abschütteln, dass David im Mittelpunkt dieser Dinge stand. Dass er eine entscheidende Rolle spielte. Erst der Schrei, dann das fluchtartige Verlassen des Hauses... *Es gibt mehrere Möglichkeiten*, dachte Marc. *Viel zu viele. Entweder, der Mörder befand sich noch im Haus, oder er war David in den Wald gefolgt. Wahrscheinlicher ist eher Letzteres.* Marc warf noch einen kurzen Blick auf Jay. Ihr Freund lag mit einem Messer im Hals auf der Treppe. Tränen stiegen Marc in die Augen und er wandte sich ab. *Ich muss jetzt stark sein*, dachte er. *Für uns. Sonst werden wir niemals einen Ausweg finden.* Doch er schaffte es einfach nicht. Die Trauer übermannte ihn, er vergrub sein Gesicht in den Armen und heulte wild drauflos. Blake kam zu ihm, legte einen Arm um seine Schultern und meinte:

»Wir finden einen Ausweg. Und wir werden nicht zulassen, dass noch mehr von uns ermordet werden.«

Marc merkte, dass nicht er derjenige war, der ruhig und stark geblieben war, sondern, dass es Blake war. Er fühlte sich unsagbar schlecht, wusste aber, dass sie recht hatte.

»Wir müssen weiter. Jetzt.«

Er hob seinen Kopf erneut, sein Blick war verzerrt und ihm standen noch immer Tränen in den Augen. Er wischte sie sich wütend mit dem Ärmel ab und blinzelte. Nun war sein Blick wieder klar, so klar wie sein Verstand. *Wir müssen da jetzt durch. Wir schaffen das*, dachte er. *Ein sehr optimistischer Gedanke*, schoss es ihm direkt danach durch den Kopf. Doch darüber wollte er sich jetzt aber keine Gedanken mehr machen.

»Komm«, meinte Blake nur.

»Lass uns zuerst einen Ausgang und dann die anderen finden.«

Marc sah sich seine Umgebung nun genauer an. Auf der Treppe lag Jays lebloser Körper, und vor ihnen erstreckte sich ein Korridor mit zwei Türen am anderen Ende. Eine auf der linken und eine auf der rechten Seite. Diese waren Marc bisher noch nicht aufgefallen, weshalb er sagte:

»Geh du nach rechts, ich überprüfe den linken Raum.«

Schon bald hatten sie das Ende des Flurs erreicht.

»Bis gleich«, flüsterte Blake.

Marc hörte die Anspannung in ihrer Stimme. Er konnte sie gut verstehen, es ging ihm selbst nämlich kaum besser. Er fühlte sich schlecht bei dem Gedanken daran, sich von ihr trennen zu müssen, auch, wenn es nur für wenige Augenblicke war. Aber sie hatten nun mal keine Zeit, sich die Räume gemeinsam anzusehen. Blake öffnete bereits die Tür, während Marc noch wie versteinert an der Holzwand am Ende des Flurs gelehnt war. Schneller, als sein Verstand in dieser Situation arbeiten konnte, verschwand sie im Inneren des Raumes, und damit in der Dunkelheit. Danach schloss sich die Tür. Marc fühlte sich schlecht. Er schüttelte sich, stellte sich mit beiden Füßen fest auf den Boden und ging dann langsam zu der linken Tür. Die Klinke aus Metall fühlte sich seltsam kalt an. Er drückte sie hinunter und trat dann in den hell erleuchteten Raum, der sich vor ihm auftat. Er ließ seinen Blick umherschweifen. Der Raum war groß, größer, als er gedacht hätte. Was er jedoch in der Mitte sah, konnte er einfach nicht glauben. Besser gesagt, er *wollte* es nicht glauben. Er blinzelte mehrmals, doch es ging einfach nicht weg, es war noch immer da. Es sah aus wie eine Ausgeburt der Hölle, wie ein Dämon. Marc traute seinen Augen nicht. Schnell drehte er sich wieder um und wollte den Raum fluchtartig verlassen – doch die Tür war verschlossen. Marc wurde sofort panisch. Instinktiv sprang er gegen das Holz, doch sie hielt seinem Gewicht ohne Probleme stand. Nicht einmal ein leises Quietschen, das ihm zeigte, dass er sich nur noch etwas mehr anstrengen müsse, um fliehen zu können und ihm Mut geben würde, ertönte. Da war gar nichts. Er drehte sich also wieder um und durchsuchte den Raum mit seinen Blicken. An einer Wand stand ein leeres Bücherregal, an der Wand, die ihm gegenüberlag, etwas über Kopfhöhe, hing ein Schild aus Metall. Marc versuchte zu lesen, was darauf geschrieben stand. Doch er konnte es nicht lesen, die

Zeichen verschwammen vor seinen Augen. Marc wusste, dass er den Raum schnellstmöglich wieder verlassen sollte, aber er wusste bei bestem Willen nicht, wie. Plötzlich spürte er einen scharfen Schmerz in seinem Nacken. *Ein Messer!*, schoss es ihm panisch durch den Kopf. Warmes Blut lief daraufhin seinen Rücken hinunter und durchtränkte sein T-Shirt. Marc begann zu schwitzen und drehte sich ruckartig um, doch er konnte immer noch nichts sehen. Das Messer, welches noch immer bis zum Griff in seinem Nacken steckte, bemerkte er zwar, aber er verspürte keinen Schmerz. Er drehte sich um, und sah, dass das Wesen verschwunden war. Marc spürte instinktiv, dass es eine neue Behausung gefunden hatte. Seinen Körper! Das Wesen war in ihm! Er war jetzt vom Teufel besessen und spürte, wie das Blut in seinen Adern zu kochen begann.

29

David blickte ihn von oben herab an. In seinen Augen lag ein blanker, teuflischer Hass.

»Kommt mit. Wir müssen hier weg.«

Seine Stimme klang vollkommen klar, fast schon zu deutlich.

»Steht auf. Los!«

»Aber... wir müssen zuerst Jay, Marc, Blake und Joseph retten!«, stammelte Danny vor sich hin.

»Nein.«

David klang resigniert.

»Für sie kommt jede Hilfe zu spät. Es ist alles nur wegen dieser verdammten Sonnenbrille!«

Den letzten Satz schrie David in den Wald hinein. Danny zuckte zusammen, während Neal sich nicht neben ihm überhaupt nicht mehr regte.

»Wir müssen hier weg. Das Haus ist ein böser und schrecklicher Ort.«

»Wir können sie aber nicht einfach hier zurücklassen. Sie werden sonst sterben!«

»Wenn wir noch einmal da reingehen, werden wir genauso sterben! Ich kenne das Haus! Ich war schon einmal hier!«

Danny blickte ihn entgeistert an und warf dann einen Blick zu Neal, der ebenfalls auf dem harten Boden saß.

»Was erzählst du denn da?«, fragte Neal, nachdem ein Moment Schweigen geherrscht hatte.

»Die Wahrheit. Das Haus ist tödlich. Ich habe bisher nichts gesagt, weil ich diesen Ort unbedingt noch einmal sehen wollte. Ich wollte einfach damit abschließen, doch ich glaube, das

178

wird mir nie gelingen.«

»Womit?«

»Ich bin ein normaler Mensch«, setzte David an.

»Ich weiß nicht, was das Haus mit mir macht. Aber... es ist böse. Geradezu teuflisch.«

»Du erzählst doch Unsinn«, murmelte Danny verstört.

»Nein.«

Danny hatte erwartet, dass David schreien oder zumindest lauter werden würde, aber das war nicht der Fall. Im Gegenteil, er klang vollkommen ruhig. Dann erzählte er, was damals, vor ein paar Jahren, genau passiert war... und, wie die Sonnenbrille auf dem Fußboden alles wieder ausgelöst hatte. Die Sonnenbrille, die seinem Bruder gehört hatte.

»Glaubt mir, bitte.«

Seine Stimme klang eindringlich.

»Wir müssen hier weg.«

»Nein«, sagte Danny entschieden.

»Wir können Jay, Marc, Blake und Joseph nicht einfach hier zurücklassen. Auf gar keinen Fall.«

»Dann geht doch beide. Ich werde auf jeden Fall nicht mitkommen. Geht... es wird euer Todesurteil sein. Aber vorher gib mir den Autoschlüssel.«

David streckte seine Hand aus. Danny tippte sich aufgebracht an die Stirn.

»Spinnst du oder was? Wie sollen wir denn zu sechst mit einem Auto hier wegkommen? Auf gar keinen Fall.«

Plötzlich zog David ein Messer aus seiner Hosentasche. Er verkrampfte seine Finger um den Griff und zeigte damit in Dannys Richtung.

»Gib mir den Schlüssel. Sofort!«

Sein Tonfall machte deutlich, dass er keinen Widerspruch dulden würde. Er klang keineswegs mehr normal.

»Nein.«

Danny wusste, dass er sich gegen David nicht zur Wehr setzen konnte. *Er hat schließlich eine Waffe in der Hand*, dachte er. *Ich nicht. Nur das Küchenmesser, aber sobald ich das ziehe, bin ich vermutlich tot. Ich kann ihm den Schlüssel nicht geben...* Wenn es tatsächlich stimmte, was David eben erzählt hatte, dann würde für Jay, Marc, Blake und Joseph bereits jede Hilfe zu spät kommen. *Dann können wir uns wenigstens retten...* Danny schüttelte den Kopf und vertrieb diesen grausamen Gedanken.

»Ich habe eine Idee«, sagte er nun.

David sah ihn geringschätzig an.

»Und die wäre?«

»Du wartest hier und wir gehen noch einmal zum Haus zurück. Danach fahren wir gemeinsam nach Hause.«

»Nein. Ich kann mich nicht noch eine Sekunde länger hier aufhalten. Schlüssel her.«

Danny schüttelte erneut den Kopf. Plötzlich, so schnell, dass er nicht mehr darauf reagieren konnte, stach David mit dem Messer zu. Die Klinge drang in die Haut seines Unterarms ein und hinterließ eine tiefe Stichwunde. Danny schrie laut auf.

»Bist du jetzt vollkommen wahnsinnig geworden?«, schrie er schmerzerfüllt.

Er hatte keine Kontrolle mehr über seinen Körper, der Schmerz raubte ihm fast das Bewusstsein. Daher ließ er den Schlüssel fallen, er landete auf dem Tannenreisig, welches in unregelmäßigen Abständen den Boden säumte. David bückte sich langsam danach, fast wie in Zeitlupe und ergriff den gewünschten Gegenstand.

Danny wollte ihn noch zurückhalten, doch der Schmerz in seinem Arm war einfach zu stark.

»Okay«, sagte er daher.

Er hatte nur noch eine letzte Möglichkeit und diese musste er unbedingt nutzen. David, der sich bereits umgedreht und auf den Weg zum Auto gemacht hatte,

drehte sich noch einmal um und sagte:

»Was?«

»Warte auf uns.«

Neal blickte Danny verwirrt an, während dieser aufstand langsam und auf David zuging.

»Wir kommen doch mit.«

David schaute ihn kritisch an.

»Seid ihr endlich zur Besinnung gekommen? Erstaunlich.«

Seine Stimme triefte geradezu vor Ironie. Ein leichtes Grinsen zeichnete sich auf seinem Gesicht ab, mehr konnte Danny im fahlen Mondschein nicht erkennen. Als David ein paar Meter entfernt war, legte Neal ihm behutsam eine Hand auf die Schulter. Danny drehte sich daraufhin um und sah ihn an.

»Was hast du vor?«, fragte er ihn leise.

»Warte ab. Aber... du musst mir vertrauen.«

»Okay«, murmelte Neal.

Danny lächelte gequält und deutete auf das Messer in seinem Unterarm.

»Er hat es noch nicht wieder an sich genommen.«

Danny wurde plötzlich schwindelig. Er hatte bereits eine große Menge Blut verloren, und er war froh, dass es ihm noch nicht das Bewusstsein geraubt hatte. Er ergriff den Schaft des Messers und wollte es jetzt vorsichtig herausziehen. Er biss sich auf die Zähne und versuchte, den Schmerz stumm zu ertragen, doch er musste bereits nach wenigen Zentimetern abbrechen.

»Es geht nicht«, stöhnte er gequält.

»Ich kann es nicht herausziehen.«

Sie hatten Dannys Pontiac mittlerweile erreicht. David steckte den Schlüssel in das Schloss der Fahrertür und schloss sie auf.

»Ich fahre«, verkündete er nur.

»Aber du hast doch gar keinen Führerschein...«

»Na und?«, fragte David.

Es war, als hätte er nur auf diese Frage gewartet.

»Steigt sofort ein. Lasst uns diesen Ort ein für alle Mal verlassen.«

Danny öffnete langsam die Hintertür auf der rechten Seite, direkt hinter dem Fahrersitz. Er bedeutete Neal per Handzeichen, dass sich dieser auf den Beifahrersitz setzen sollte. *Sonst funktioniert das Ganze nicht*, dachte Danny. Er fing sich einen irritierten Blick von Neal ein, der seinem Befehl jedoch ohne etwas zu erwidern rasch Folge leistete. Danny atmete erleichtert auf. Nur so konnte sein Plan funktionieren, nur so hatten sie noch eine Chance. Dass das Auto keine Windschutzscheibe mehr hatte, schien David nicht weiter zu stören, er steckte den Schlüssel ins Fahrerschloss und startete den Motor. Dann setzte er aus der Parklücke zurück und fuhr auf die Straße. Danny atmete tief durch und nahm all seinen Mut zusammen... biss sich auf die Zähne... und zog sich das Messer in einer fließenden Bewegung aus dem Unterarm. Der Schmerz betäubte ihn fast und raubte ihm all seine Sinne. David trat gerade auf das Gaspedal, beschleunigte den Wagen und lenkte ihn durch den Wald. Danny legte ihm vorsichtig die Klinge an den Hals und sagte:

»Anhalten. Sofort anhalten!«

Danny erhöhte den Druck langsam, was jedoch nicht die erwünschte Wirkung hatte. Anstatt, dass David den Fuß vom Gaspedal nahm und rechts ranfuhr, verriss er vor Schreck das Lenkrad. Der Pontiac knallte mit voller Geschwindigkeit gegen den nächsten Baum und ging sofort in Flammen auf.

30

Viele Jahre vergingen, Jahre, in denen so einiges passierte. Verena lernte interessante Männer kennen, doch sie konnte sich nur einem von ihnen anvertrauen. Und der hieß Rupert Jones. Nach zwei Jahren beschlossen die beiden, zu heiraten, doch trotz der gegebenen Umstände fühlte Verena sich niemals richtig wohl in ihrem Leben. Nicht ohne ihre Familie, nicht ohne Joseph. Als sie damals von der Polizei informiert worden war, dass ihre Eltern umgebracht worden waren, brach für sie eine Welt zusammen. Und dass, obwohl sie ihre leiblichen Eltern fast gar nicht gekannt hatte. Verena schluckte schwer. Sie konnte ihnen nicht böse sein, obwohl sie sich damals gegen sie und somit für ihren Bruder Joseph entschieden hatten. Sie wurde weggeben, einfach so. Danach hatte sie ihre Familie nie wiedergesehen. Sie hatte fortan ihr eigenes Leben, gelebt, aber es waren kaum Tage vergangen, an denen sie nicht zurück an ihre Kindheit, ihre Wurzeln und ihr Zuhause dachte. Danach schlug sie sich, so gut es ging, durch das Leben, und sie meisterte die meisten Hürden mit Erfolg. Alles schien perfekt, bis sie sich eines Tages von ihrem Mann trennte. Grund war eine Affäre während einer seiner vielen Geschäftsreisen gewesen. Verena zog bereits wenige Tage später aus und nahm ihren alten Nachnamen wieder an. Es dauerte sehr lange, bis sie eine Wohnung gefunden hatte. Die Wochen, die dazwischen vergingen, verbrachte sie größtenteils auf der Straße. Es war nicht die beste Lösung, doch für Verena allemal besser, als noch länger bei ihrem Ex-Mann bleiben zu müssen. Als sie endlich eine Wohnung gefunden hatte, hatte sie dort automatisch viel Zeit zum Nachdenken. Als ihr eines Nachts die Idee gekommen war, sich selbstständig zu machen, setzte sie diese wenige Tage später auch direkt um. Da passte der blaue Container, der schon seit Ewigkeiten verlassen im Wald stand, genau ins Schema. Die nächsten Wochen putzte sie ihn, richtete sich ein, und brachte schließlich ein Schild an. Denn ihre hellseherischen Fähigkeiten hatte sie während der vielen Jahre niemals verloren. Es waren zwar anfangs nur wenige Leute gekommen, an einigen Tagen sogar niemand, doch sie konnte von ihrem Job zumindest leben. Als sich jedoch einige Tage lang niemand mehr in den Wald verirrte, wurde Verena misstrauisch. Zwanzig Tage dauerte es, in denen sie in ihrem Container wartete, so lange, bis schließlich Wilson Baines erschienen war. Verena hatte bereits jeden Glauben daran verloren, dass sich überhaupt noch irgendwer in den Wald geschweige denn in ihren Container verirren würde; hatte sich aber bereits einen Plan zurechtgelegt, falls doch mal jemand kommen würde. Sie musste wieder töten, wie die unzähligen Male davor. Es war für sie einfach nicht möglich, mit den erlebten Ereignissen abzuschließen. Nach Wilson Baines geschah eine große Überraschung. Einer der vielen Massenmörder aus dem *California Parcs Hotel* war zu ihr gekommen. Sie hatte ihn sofort wiedererkannt, obwohl die Jahre ihn natürlich gezeichnet hatten. Dann war da noch dieser... Tristan? Verena wusste den Namen nicht mehr genau. *Irgendetwas in der Art*, dachte sie. Aber es war ja auch egal, er war sowieso nebensächlich gewesen. Wichtig war nur das Wesentliche, und das war nun einmal Riley Bingham. Er hatte alles in ihr wieder geweckt... die schreckliche Nacht vor so langer Zeit. Noch Jahre später war sie nachts schreiend aufgewacht, wenn sie wieder einmal einer dieser vielen Albträume geplagt hatte, was in den ersten Jahren fast täglich der Fall gewesen war. Immer, wenn sie an ihren Traummann Drake gedacht hatte, war sie wieder von der Trauer übermannt worden. Vielleicht war das auch das Problem, warum sie danach nicht mehr richtig lieben und nicht mehr richtig leben konnte. Alles war zerstört durch dieses eine prägende Ereignis in ihrem Leben. Es war für Verena eine Genugtuung, Riley Bingham schließlich umzubringen. Es entsprach für sie zwar nicht annähernd der Gerechtigkeit, die sie sich wünschte, aber sie fühlte sich danach wenigstens etwas besser, denn sie hatte ihr Ziel erreicht. Das Ganze war erst eine halbe Stunde her, doch für Verena fühlte es sich bereits so an, als ob Jahre vergangen wären. Sie hatte sich an die Arbeit gemacht, die Leichen dort zu lagern, wo bereits Wilson Baines seinen Platz eingenommen hatte, tief in dem Schrank, verstaut im hinteren Regal, in Einmachgläsern. Sie war krank, das wusste sie. Aber sie konnte einfach nichts dagegen tun, denn das Bedürfnis zu töten war stärker denn je. Es übermannte sie regelrecht und machte einen anderen Menschen aus ihr; es zeigte ihre andere, tödliche Seite. Ein Klopfen an der Metalltür des Containers ließ sie aus ihren Gedankengängen aufschrecken. *Ein Kunde?*, fragte sie sich. Sie hatte damit überhaupt nicht mehr gerechnet. Plötzlich drangen auch Worte ins Innere:

»Tristan? Bist du da drin?«

Tristan. Der Mann, der vor einer halben Stunde hier erschossen worden war. Verena erhob sich von dem durchgesessenen Sessel, schritt langsam auf die Tür zu und öffnete diese dann. Ein älterer Mann um die sechzig bis siebzig Jahre stand nun vor ihr und Verena musterte ihn von oben bis unten. Er hatte eine Halbglatze, nur wenige graue Haare und einige Bartstoppeln im Gesicht.

»Guten Tag«, sagte der Mann.

»Mein Name ist Gabriel Ashbury. Ich habe den weißen Mitsubishi, der dort auf dem Parkplatz parkt, gesehen, und wollte nur mal fragen, ob Sie vielleicht wissen, wo sich der Inhaber des Autos zurzeit aufhält. Er ist ein Freund von mir.«

Verena überlegte kurz und ordnete ihre Gedanken.

»Kommen Sie rein, Mr. Ashbury. Dann können Sie mir genau erklären, wen Sie suchen.«

Gabriel Ashbury trat in die stickige Dunkelheit des Containers ein. Verena nahm im selben Moment das Messer von der Kommode direkt neben ihr. Ja, sie wusste genau, was sie jetzt zu tun hatte.

31

Seine Bewegungen verliefen mehr oder weniger mechanisch, er hatte sich nicht mehr unter Kontrolle. Die Tür zum Flur ließ sich jetzt wieder ohne Probleme öffnen, sie quietschte leicht, was Marc jedoch nur am Rande wahrnahm. Es erschien ihm nebensächlich und unwichtig, und das war es im Grunde ja auch. Die Dielen unter seinen Füßen knarzten, doch sie gaben nicht nach, sondern hielten seinem Gewicht stand. Marc drückte die Klinke des gegenüberliegenden Raumes hinunter und trat leise ein. Es war stickig und dunkel, so wie in allen Teilen des Hauses, bis auf dem Raum, in dem er sich bis gerade eben noch aufgehalten hatte. Der Raum, der, wie er wusste, nichts anderes als die Hölle war. Und Marc würde seinen Weg dorthin bald antreten... seinen Weg in die Hölle. Doch vorher hatte er noch etwas zu erledigen. Er grinste. Instinktiv zog er das Messer aus seinem Nacken. Die Klinge war blutverschmiert, doch er spürte nichts, er nahm gar nichts mehr wahr. Alles war ihm nun egal, alles war ihm gleichgültig. Er trat in den Raum, der nicht sehr groß war. Im Licht seiner Taschenlampe sah er Blake. Sie stand am hinteren Ende und deutete auf ein eingeschlagenes Fenster.

»Marc? Schau mal. Ich habe einen Fluchtweg gefunden.«

Auf ihrem Gesicht zeichnete sich ein schwaches Lächeln ab, zu schwach, um es als fröhlich zu bezeichnen.

»Wir können hier nicht raus.«

Marcs Hand verkrampfte sich um den Griff des Messers. Er wusste, dass er eine letzte Mission zu erfüllen hatte... für das Haus... für den Dämon. Danach würde er sterben müssen. Er lächelte.

»Was? Wieso nicht?«, fragte Blake irritiert.

Marc kam ihr nun immer näher.

»Ist alles in Ordnung mit dir?«, fragte Blake ängstlich.

Ist alles in Ordnung mit mir?, fragte sich Marc. Er wusste es nicht, aber es war ihm auch egal.

»Ja.«

Der Raum wurde plötzlich von einem zweiten, schwachen Lichtstrahl erhellt. Und zwar von einer Taschenlampe. Blake musterte Marc und schlug sich dann die Hand vor den Mund, während der Strahl langsam zur Decke glitt.

»Was... Ist mit dir passiert?«, stammelte sie.

»Es ist alles in Ordnung.«

»Das sieht aber gar nicht so aus.«

Marc versuchte, die Quelle des Lichtstrahls auszumachen, doch er konnte es nicht. *Mist*, dachte er. Jetzt wäre er gerne alleine mit Blake gewesen, um das Ganze zu Ende zu bringen. Aber sie waren nicht alleine; sie wurden gestört, von wem auch immer. *Vielleicht von David?*, fragte er sich. *Oder gar von Danny und Neal?* Nein, das konnte nicht sein, obwohl es die mit Abstand logischste Erklärung wäre. Doch dann sah Marc, dass es Blake selbst war, die die Taschenlampe bei sich getragen hatte. Sie war ihr wohl aus der Hand gefallen, denn nun leuchtete der Lichtkegel vom Boden aus die Tür hinter ihm an.

»Was ist passiert?«, fragte Blake erneut.

»Nichts.«

»Marc«, sagte sie plötzlich lauter und eindringlicher.

»Was ist mit dir passiert? Schau doch nur mal, wie du aussiehst. Du bist verletzt!«

»Es ist das Haus.«

Das war genau der Satz, den auch Joseph vorhin gesagt hatte. Er hatte sich wie ein Mantra in sein Gehirn eingebrannt und würde dort vermutlich nicht mehr verschwinden.

»Was ist mit dem Haus? Sprich doch nicht so in Rätseln, bitte!«

»Blake. Wir müssen hierbleiben. Wir gehören nun dem Haus. Wer es einmal betreten hat, darf es ab sofort nicht mehr lebend verlassen. Wir werden für das Haus sterben.«

Das, was nun passierte, ging für Blake viel zu schnell – sie war nicht mehr fähig, rechtzeitig zu Handeln. Marc schwang das Messer, welches er immer noch fest in seiner Hand verkrampft hielt, in ihre Richtung und stach damit zu. Er traf ihre Schulter. Blake schrie auf, taumelte weg von ihm und fiel auf den Boden. Ein lauter Knall ertönte, als sie auf den Holzbrettern landete. Bevor Marc sich auf sie stürzte, sah er sich den Raum noch einmal genau an, obwohl er in der Dunkelheit sowieso nicht viel erkennen konnte. Dies war der Raum, in dem er sterben würde, das wusste er auf einmal. Er setzte das Messer an Blakes Hals, schnitt ihr die Kehle durch, und setzte sich danach neben ihren leblosen Körper auf den Boden. Das Licht der Taschenlampe leuchtete den kleinen Raum aus. Marc atmete tief durch, ließ die äußeren Umstände auf sich einwirken... setzte sich das Messer an den Unterarm… und schnitt sich die Pulsadern auf. Bevor er starb, stieß er noch einen letzten, teuflischen Schrei aus, der nicht nur in den Wänden des Hauses widerhallte, sondern auch noch tief im angrenzenden Wald zu hören gewesen sein musste.

32 *Am nächsten Morgen...*

Die Sonne ging über dem Wald auf und es war ein faszinierendes Schauspiel. In der Ferne war das friedliche Rauschen eines Baches zu hören. Nichts, aber auch rein gar nichts an diesem Ort ließ ihn bedrohlich wirken. Es war ein wahrhaft friedlicher Ort. Im leichten Wind, der an diesem Sommermorgen aufgekommen war, raschelten die Baumkronen und die Vögel zwitscherten. Die ganz und gar typischen Geräusche des Waldes.

33

Um kurz nach sechs klingelte das Telefon im *Sheriffs Office*. Für die Frühschicht waren am heutigen Tag Jacob Maloney und John Garcia zuständig. Garcia, der gerade die neueste Ausgabe der *RGH News* vor sich liegen hatte, blickte nur kurz auf und griff dann zum Hörer.

»Sheriff Office, John Garcia, mit wem bin ich verbunden?«

»Hallo? Mein Name ist Darren Smith. Ich befinde mich gerade auf dem Weg zur Arbeit und fahre wie jeden Morgen durch den Wald. Dort ist offenbar ein Unfall passiert, ein Pontiac ist anscheinend mit ziemlich hoher Geschwindigkeit gegen einen Baum gerast.«

Der Mann machte eine kurze Pause, atmete tief durch und sagte dann:

»Der Innenraum ist komplett ausgebrannt. Ich konnte drei vollständig verbrannte Leichen darin erkennen.«

»Können Sie uns sagen, wo Sie sich aktuell genau befinden? Gibt es irgendetwas in Ihrer Umgebung, an dem Sie Ihren Standort festmachen oder näher beschreiben können?«

Eine kurze Pause entstand, dann sagte der Mann:

»Hier in der Nähe, etwa eine halbe Meile entfernt, steht eine große Hütte im Wald. Wissen Sie eventuell, wo das ist?«

»Ja, wir wissen, wo das ist. Wir machen uns sofort auf den Weg. Bitte bleiben Sie genau dort, wo Sie gerade sind.«

»Okay«, sagte der Mann nur und legte dann auf.

Garcia teilte Maloney die Neuigkeiten mit, und als beide sich auf den Weg zum Unfallort machten, wussten sie, dass es mehr war, als ein bloßer Autounfall.

34 *Zwei Wochen später...*

Wir hatten recht gehabt mit unserer Vermutung. Als wir am Unfallort eintrafen, erzählte uns der Mann, der sich als Darren Smith ausgab, noch einmal alles, was aus seiner Sicht passiert sein musste. Er schien sich mit Autos auszukennen, denn von dem Pontiac war nicht mehr viel übrig, er war komplett ausgebrannt. Wir konnten tatsächlich drei verkohlte Leichen aus dem Wrack bergen, die wir allerdings nur schwerlich identifizieren konnten. Aber wir können nun sagen, dass es sich dabei um die sterblichen Überreste von David Long, Neal Logan und Daniel Hawksworth handelt. Mein Partner John Garcia und ich waren uns sicher, dass es mehr als ein normaler Autounfall war, und wir lagen mit unserer Vermutung richtig. In dem Haus, von dem der Mann gesprochen hatte, und in dem wir schon einmal einen Einsatz gehabt hatten, fanden wir vier weitere Leichen: Joseph Randolphs, der vor seinem Tod offenbar einen schweren Unfall gehabt hatte, bei dem er sich sein Rückgrat gebrochen hatte und Marc Warren, der zuerst die dritte Person, Blake Young, umgebracht und dann sich selbst nahezu aufgeschlitzt hatte. Sein Körper war von Verletzungen gezeichnet, die er sich selbst zugefügt haben musste. Die vierte Person stellte uns vor das größte Rätsel bisher: Es war Jay Hawksworth, der Bruder von Daniel Hawksworth. Dieser wurde durch einen Messerstich in die Halsschlagader getötet, allerdings nicht durch Marc Warren, da sind wir uns sicher. Auf seinem T-Shirt befanden sich Fingerabdrücke von David Long, und wir können mit neunundneunzig prozentiger Sicherheit sagen, dass er somit der Mör-

der von Jay Hawksworth ist. Die Dinge, die danach passiert waren, konnten wir noch nicht wirklich rekonstruieren. Wir können allerdings sagen, dass der sechzehnjährige David Long am Steuer des Pontiacs gesessen hatte, doch mehr wissen wir bislang noch nicht. Außerdem fanden wir noch einen braunen Dodge, der auf den Namen von Joseph Randolphs eingetragen war. Und es gab zwei weitere Leichen im Wald, eine wurde durch einen Messerstich in den Hals getötet, genau wie Jay Hawksworth, die andere starb durch zahlreiche Stichwunden in der Bauchgegend. Dabei handelte es sich um Larry und Brit Donovan, die frisch verheiratet gewesen waren. Einen Zusammenhang zwischen ihnen und der Gruppe rund um David Long und Joseph Randolphs konnten wir bislang nicht feststellen.

Es gibt, wie Sie sehen, noch viele offene Fragen. Viele Dinge sind noch unklar, doch eines steht fest: Nachdem zum wiederholten Male so schreckliche Dinge in diesem Haus passiert waren, die wir noch immer nicht gänzlich aufklären konnten, haben wir uns gemeinsam mit dem Bürgermeister der angrenzenden Gemeinde dazu entschlossen, das Haus niederzubrennen, und es so ein für alle Mal zu vernichten. In diesem Haus waren über die Jahre hinweg einfach zu viele mysteriöse Dinge geschehen. Wir haben alle Akten, die sich um den Ort des Geschehens drehten, nochmals überprüft, und sind dabei zu dem schrecklichen Schluss gekommen, dass insgesamt sechzehn Personen in diesem Haus zu Tode gekommen waren. Und alle diese Fälle hatten wir nie richtig aufklären können. Wir können auch nicht ausschließen, dass es sich hierbei um übernatürliche Kräfte und paranormale Dinge handelte. Aber nun ist das Haus, mitsamt seinen schrecklichen Erinnerungen, nur noch ein Haufen Asche. Damit können wir zwar die geschehenen Dinge nicht ungeschehen machen, aber wir können verhindern, dass noch weitere Menschen durch dieses Mysterium zu Tode kommen. Ich bin mir sicher, irgendwann werden wir vollständig aufklären können, was in diesem Haus passiert ist. Ich denke nur, dass wir dazu noch etwas Zeit benötigen werden.

Jacob Maloney, 31.August 2005

ENDE

ALLE BÜCHER DES AUTOREN

SPURLOS

2005: Lewis, Janet, Jeff und Liz erhoffen sich ein Abenteuer, ein Wanderurlaub in den Bergen – genau nach ihrem Geschmack. Trotz einiger beängstigender Vorkommnisse während der Fahrt in die Berge entscheiden sie sich, zu bleiben. Als sie allerdings auf die Rucksäcke einer verschollenen Wandergrup-pe stoßen und nach und nach mysteriöse Anzeichen auf deren Verbleib finden, beginnt ein Albtraum, aus dem es kein Entrin-nen zu geben scheint…

1995: Idyllische, weite Wälder und glasklare Seen. Nichts ande-res wollen Marcel, Inge, Matthias, Gudrun, Alexander und Ralf, als sie sich dazu entscheiden, einen Urlaub in den Bergwäldern zu machen.

Doch dann verliert sich jede Spur von ihnen…

DAS GEISTERHAUS

Die vier Jugendlichen Marc, Blake, Jay und David wagen gemeinsam mit dem Einsiedler Joseph, Jays Bruder Danny und seinem Freund Neal einen Ausflug zu einem „Geisterhaus", um das sich zahlreiche Mythen ranken. Doch als sie eines nachts das Haus betreten, beginnt ein Albtraum, der nie zu enden scheint. Denn das Haus lebt. Und es sucht sich seine Opfer…

LAGER DER FINSTERNIS

Zehn Personen wachen in einer verlassenen Lagerhalle auf. Zunächst können sie sich nicht erklären, wie sie dort hingelangt sind. Doch als ein Teil der Gruppe auf ein System unterirdischer Gänge stößt, entfesseln sie ein Grauen, das die Grenzen jegli-cher Vorstellungskräfte überschreitet.

AUF DÄMONENJAGD IM LAGER DER FINSTERNIS

Die Dämonenjäger Marcus Young und William Collister ver-bringen eine Nacht in der Lagerhalle, in der sich vor kurzer Zeit erst schreckliche Dinge zugetragen haben. Sie installieren eine Kamera, um die paranormalen Geschehnisse per Video zu do-kumentieren. Als Marcus in einem der Räume auf eine apa-thisch wirkende Frau stößt und wenig später verschwunden ist, begibt sich William auf die Suche nach ihm. Die deutlichste Spur führt tief in den Wald…
Währenddessen läuft die Kamera. Und zeichnet schreckliche Dinge auf…

ARIZONA SPLASH

Bei der Eröffnungsfeier des *Arizona Splash*, einem riesigen Schwimmbad mit Außenpools, Saunas und Rutschen, werden zwei junge Leute entführt. Ihnen steht eine Nacht des Grauens bevor: im Inneren des Schwimmbades müssen sie sich nicht nur mit ihren sadistischen Peinigern auseinandersetzen, sondern auch mit einer Gefahr, die aus den Tiefen eines geheimen Kel-lerganges zu kommen scheint.

WILLKOMMEN IN KINMARK

Kurz vor Dienstschluss wird Officer Gilbert Smith zu einem Einsatz gerufen: der Fahrer einer Dodge Viper befindet sich nach einem Unfall auf der Flucht. Eine Verfolgungsjagd und ein darauffolgender Unfall führen den Officer über den Highway tief in die Solven-Hills und das beschauliche Dorf Kinmark. Je tiefer er in die Geheimnisse des Ortes vordringt, desto deutlicher wird ihm, dass er sich in einer tödlichen Falle befindet, aus der es kein Entrinnen zu geben scheint...

CAMP SEASIDES MÜHLENSCHATZ

Die vier Freunde Jaxon, Natalia, Maxwell und Laura freuen sich auf einen mehrtägigen Campingurlaub auf dem Gelände des *Camp Seaside*, einem Platz mit einem Badesee und einer alten Getreidemühle. Bei einem Rundgang im Wald entdecken sie einen Brief, der ihnen einen Schatz in den Tiefen der Mühle verspricht. Sie lassen sich auf die Suche ein - und beginnen damit ein Spiel, bei dem eine Menge Blut fließen wird. Denn im Inneren der Mühle lebt der Tod. Und er fordert seinen Tribut…

FENNERLEYS GRAUEN

Aus dem einst belebten Dorf Fennerley verschwanden vom einen auf den anderen Tag alle Einwohner spurlos. Ein sechsköpfiges Forschungsteam macht sich daran, den Begebenheiten auf den Grund zu gehen. Die Suche gestaltet sich als sehr schwierig – bis dem Team ein Durchbruch gelingt, der jedoch schwerwiegende Folgen zu haben scheint…

CRETHRENS – VERLOREN IN DER EISWÜSTE

Der jugendliche Oskar findet sich inmitten einer gigantischen Eiswüste mit neunzehn anderen Jugendlichen wieder. Schon bald erkennen alle, dass sie sich in einem perfiden Test befinden, bei dem es nicht nur um das blanke Überleben geht…

CRETHRENS – DIE FESTUNG VON GHIRON NAGH

Nach den Geschehnissen in der Eiswüste, die jeden einzelnen verändert haben, landen die Überlebenden mit einem Helikopter in einer verlassenen Stadt. Sie finden eine Karte und entscheiden sich dazu, zwei Orte aufzusuchen: eine mittelalterliche Festung und die unterirdische Stadt Ghiron Nagh. Alles scheint nach Plan zu laufen – bis das Schicksal wieder gnadenlos zuschlägt…

CRETHRENS – ODYSSEE NACH EHYGEA

Das Königreich Ehygea war einst ein Ort mit blühenden Landschaften, rauschenden Flüssen und endlosen Weiten. Eines Tages wurde der Ort von einer schrecklichen Katastrophe heimgesucht – seitdem besteht dieser nur noch aus finsterem Ödland. Die Überlebenden drängen nach und nach in die Geschichte des düsteren Ortes vor – und müssen feststellen, dass ein großer Kampf um Leben und Tod bevorsteht, der über die Zukunft des gesamten Planeten entscheidet.